幽靈少女想要重拾心跳
2
作者 熟魚片
繪者 迷子燒
U0029033

第一章　因為妳是

不同於廚房裡忙進忙出的女孩，我環顧著屋內。

木紋地板，淺灰色沙發，坐落於客廳中央的白色大茶几，純白的牆壁和天花板。

淡淡的精油香氣飄散，是熟悉又令人安心的味道。燈光明亮而不刺眼，以居家來說亮度恰到好處。儘管如此，我還是仰望頭頂的吸頂燈，瞇細了雙眼。

真教人懷念。

我以為自己再也不可能來到這個地方。

從那之後過了一年，雖然不算太久遠，卻覺得已經好幾年沒有造訪這裡。

我那唯一摯友的家。

我走進廚房，來到正從冰箱拿出奶油和雞蛋的女孩背後，探頭輕巧出聲。

「真不好意思都讓妳準備。」

「咦？」穿著符合本人可愛氣質圍裙的女孩──柳夏萱，過去被我稱作小夏的兒時玩伴，倏地回頭看了我一眼，露出可掬的笑容。

「沒關係啦！反正平常家裡都有準備，小紫不用介意！」

說完後她回頭將材料陸續搬了出來，我則靜靜微笑望著她忙碌的背影。

親暱的小名，微甜的香氣，熟悉的場所，讓我再次切身體會到，這得來不易的日常。

與小夏交往，藉此取回心跳——請求嗚協助我完成這一「虛假」的任務，我在這個週末得以藉由甜點教學的名義回到這裡。

既然如此，我要好好把握。

奶油、低筋麵粉、細砂糖、玉米粉、草莓粉。被端上桌的備料一應俱全，如她所說，多數都有拆封過的痕跡。

碟子、玻璃盆、篩網、攪拌棒排列整齊，頗有少女風的電子秤及五顏六色的斜口密封罐，讓人還沒動手就嗅到香甜。

我腦海浮現了以往我們在這座廚房裡，由小夏的媽媽教我們做各式甜點和料理的畫面。

那些我親手為嗚做的早點，也是從這裡學來的。

「小紫，這給妳用。」

轉過頭去，見小夏手上捧著一件布料。

那是我以前穿過的圍裙。過了這麼久，它依然被保養得很好，洗淨收納在櫃子裡，附著芳香劑的味道。

我小心翼翼地接過手，從頭上套了進去。布料擦過肌膚的柔軟觸感，讓眼窩深處彷彿有股電流竄過，臉頰周圍不自覺緊繃。

「哇，好適合妳，小紫！」小夏啪的一聲雙手合掌，高興地說：「像新婚妻子一樣！」

聽見她那如童言的感想，我的臉部肌肉不自覺放鬆下來。

「真是的，妳在說什麼啊。」

「看起來很有氣質嘛……真好～我也想像小紫一樣。」她默默地把雙手扶上自己的頭頂兩側，若有所思地嘀咕：「我是不是也該試試單馬尾啊……」

見狀，我忍不住噗哧一笑。

「我覺得夏萱保持現在這樣就行了。」

「是這樣嗎？」

「是這樣。」

她歪頭遲疑了一下，隨即像是不在乎般露出笑容，將剛才的煩惱拋諸腦後。

「那我們開始吧！」她捲起袖子元氣地道。

「嗯。」妳果然要這樣子才好。

於是我們開始著手製作甜點。今天的目標是草莓曲奇，屬於相當好入門的甜點，大概是考量到我第一次練習，整個過程自然由小夏引導。

我們首先將需要的食材以電子秤量出所需重量，放入小碟子中，並將奶油放在室溫中融化並預熱烤箱。

接著將大量的軟化奶油進行攪拌，依序加入細砂糖、少許鹽巴。待奶油攪打至接近糊狀後，再加入低筋麵粉、草莓粉及玉米粉。

小夏一如往常講究甜點的製作細節。到這個階段，我們改用「切拌」以增加食材接觸的面積，提高混合效率。攪拌約十來分鐘後，將混合好的材料放入擠花袋，在烤盤上擠出一個個螺旋狀的麵糊。

從這裡就可以立刻看出製作甜點的熟練度。小夏擠出的麵糊猶如玫瑰花盛開般整齊且美麗，而我的則是大小不一、形狀歪七扭八，像是被壓扁的枕頭。不過看著她樂在其中的模樣，我一點也不在意。

最後，我們將烤盤放入預熱好的烤箱，轉至一百五十度開始烘烤。預計需要等待二十分鐘左右的時間。

我抬頭看看時鐘，從開始製作到現在只經過半個小時，比想像中要快上許多。或許會比預想得還要早結束。

不過這樣正好，畢竟我是因為「那件事」才來的。

「夏萱。」

於是我趁空檔開口，向她提出請求。

「我可以去妳的房間看看嗎？」

絲毫不令人意外的房間。

猶如要襯托她有些不修邊幅，卻帶有一絲純真爛漫的性格，室內整體以粉白色系鋪設。放置大玩偶的床頭，乾淨的邊窗，堆放雜物和書本的九宮格木紋書櫃，以及些微凌亂的衣櫥。

這是讓人踏進去便不自覺揚起微笑的地方。房間這種私人空間，果然某種程度反映著主人的性格及喜好。

因此，這也是僅剩的淨土了。

時鐘、檯燈、枕頭、拖鞋、睡衣、筆記本、化妝鏡、床單、棉被、枕頭、相框、窗簾……所有映入眼簾的家具及日常用品，其花紋和形狀無一例外不與草莓有關。

視覺強烈到令我的鼻腔頓時瀰漫不存在的甜膩。

即使不是第一次看見了，再見識一次仍令我為之驚嘆，恐怕她上輩子是以耕種草莓為業的世襲農家。不，應該是一顆草莓。

我坐在她搬進來的小板凳上，品味這令人懷念的空間。

環顧四周，我將目光移動到書櫃上的某個白色相框，裡頭映著矮小的人影。是小時候的小夏。

記得是國小運動會時的照片，她的頭上綁著紅色頭巾，不及肩的短髮給人俐落的印象。然而與之相反，躲在別人背後僅僅露出半顆頭的她，彷彿怕被人發現自己的存在，全身散發羞怯的氣息，簡直與現在判若兩人。

我也正是在那時候，結交了人生中第一位朋友。

往右邊平移一個相框，裡頭的小夏稍微長大了。頭髮略長過肩膀，胸部卻以超英趕美的速度發育，但依舊不敢正眼看鏡頭的模樣，證明了成長的只有身體。

可是從第三個相框就不同了。如果不認識的人來看，可能根本不會發覺裡頭的女孩是同一個人。綁起雙馬尾，開朗地比著拍照手勢，在人群中散發自信光采。

這是國中時期的她。雖然過了許久，腦海的記憶依然猶新。國小畢業的暑假後，出現在我們面前的她簡直像換了一個人，拂去怯弱的氣質，變得愛笑、親和，凡事鼓足衝勁，搖身一變成了活潑正向的少女。

要不是她的口袋裡時常掉出草莓軟糖，我可能真的會以為她被外星人掉包了。

儘管變化劇烈，我知道原因是什麼。

原因正是那位促成我們成為朋友的男孩。

當年的她膽小無比，我孤傲冷酷，照理來說我們是不可能相會的平行線。然而卻因為他的出現，我獲得了此生珍貴的摯友，她也為此選擇了改變。

「小紫，妳想喝奶茶還是可爾必思？」

小夏拿著看不出顏色差別的兩個玻璃杯開口詢問，打斷我的回憶。

「只有草莓口味嗎？」

她理所當然地點頭，最後我接過了相較不甜的可爾必思。

酸甜的滋味在口中擴散，流入喉嚨。我重新回望房內，再度被熟悉的空間及回憶牽引至過往，漾起微笑。

「小紫，妳在笑什麼？」

「我覺得小時候的妳很可愛。」

她循著我的視線往相框移去，瞬間羞紅了臉頰，起身衝到書櫃前。

「不、不可以看！」

「來不及了，我已經看光光了。」

「小紫～～～！」

想必她急忙遮掩的行為，不是出自於自己小時候羞怯的模樣曝光，而是另一個理由。

「你們的感情真的很好耶。」

「唔～～……！」

剛才的每一張相片裡，都有那名男孩的身影。

躲在他背後膽小的模樣。與他並肩站在一起的扭捏姿態。相互面對面愉快歡笑的神情。

令她感到害羞的，是忽略了要事先藏起來、在私密空間裡無所遁形的滿溢情感。

「──────……！」

她簡直慌張到說不出話。她總是如此惹人憐愛。就算個性轉變，這種地方也依舊始終如一。

可以的話，真想永遠跟她做朋友。

「夏萱妳，喜歡他吧？」

所以，我要無情地戳破這個事實。

「喜歡左同學。」

「…………！」

她先是睜眼，隨即倏地低下頭，臉紅得比蘋果還鮮豔，接著默默走到我身邊，有點用力地戳了一下我的肩膀。

「小紫欺負人……」

看她嘟嘴的模樣，我不禁失笑出聲。

為了紀念我與她的友情，我寫出了那篇小說。受我的故事所感動，鳴立志成為插畫家。而小夏為了追趕上鳴，選擇了與我同樣的道路，期望透過寫作的方式讓彼此靠得更近。我們就這樣踏上看似相同，卻截然不同的歧路。

但小夏心裡大概清楚一件事——只是這樣的話，是沒有辦法與他並肩而行的。因此，她才決心改變自己。

上了國中後，她加入運動性質的社團，沾染陽光有活力的氣質；她開始留意起自己的打扮，梳妝外表，也主動爭取擔任班級幹部，漸漸成為師長及同學眼中的好學生。

她一切積極的作為，像是為了讓人立刻察覺到她外在的變化，是肉眼可見的進取，唯獨一件事被她藏了起來。

沒有人知道她在寫作。沒有人知道她所做的這一切，只是為了支撐那背後的決心。

沒有人知道她私底下的模樣，依舊是那個自卑、會不斷苦惱的女孩。

她不打算讓任何人發現。她想要靠自己的力量，證明自己有辦法與心上人站在一塊，而不是像那一天一樣，等著男孩來救她。

只有我察覺到了。

她眼神裡的情感，迴避人群後氣場的轉變，使我留意到她的異常，隨之在某個不為人知的角落裡發現她默默振筆疾書的模樣。

看見她懊惱的表情，忍住不哭卻還是落淚的臉蛋，讓我知道——啊，她果然還是我認識的柳夏萱。她外表佯裝的活力、戴上的面具，只是她為了自己的目標採取的手段，是為了能夠更親近眼裡的憧憬。

所以我在一旁默默守望著她。

所以我不讓她有機會超越自己。

自從意識到這點之後，我終於深刻了解到自己是一個多自私又心機的人。

只要不讓她覺得自己有勝算，她就不會舉著告白的旗幟，去破壞我們三人間的關係。

我們的愛戀，我們的友情，我們對彼此間的依存。我們的關係會維持恰到好處的平衡，就這樣一直持續下去。

我天真且精密地計算著，規劃一場天衣無縫的計畫，不會有人找到它的死角。

然而我忽略了一件事。

人的成長與決心，是不會因他人受限的。尤其是對於這樣勇於捨棄一切的人，更不可能有困境能夠阻擋得了。

高一的聖誕節前夕，那晚平安夜，改變即將發生。

她帶著自己終於完成的那份原稿，興奮地想要前往他的身邊，毫無保留地攤露自己一直以來努力的一切。

我察覺到事情的預兆，反射性地想要阻止她。

在刺耳噪音及混亂之中，我甚至搞不清楚自己究竟是為了什麼伸出手——而懲罰精巧地於那一刻降臨。

「小紫，妳不可以告訴小左喔……」

如夢般的聲音將我拉回了現實。

拉回這個看似夢境的延續，本不應該存在的現實。

「咦，不能說嗎？」

「不行啦！」

取回冷靜的少女坐回原位，那些相框像是羞於見人般轉向了牆壁。

「可是夏萱看起來很喜歡他耶？」

「……！」紅暈又爬上她的臉頰，使她喉嚨發出「嗯唔唔——」的聲音。「就是因為這樣才不能說啦……！」

「為什麼？」

雖然不是不能理解這樣的心情。正因為是沉重的心意，才沒辦法輕易開口，只不過……

「為什麼要藏起來呢？」

如果是因為其他理由而卻步，那就另當別論了。

當時被我阻止的心意，必須由我再次讓它傳達出去。

「……因為。」小夏低下頭，啟脣顫抖地說：「這又不能改變什麼……」

「……」

「只靠我自己的話，根本沒辦法改變……」

她的聲音柔弱而厚實地傳達到我心裡，讓我內心感到一陣刺痛。

這明明不是妳的錯。

「怎麼會呢。」

於是我嘗試溫柔地回應。

「咦？」

「妳明明在那個時候，確實地幫助到他了啊。」

遴選校慶幹部的班會。如果那時候不是因為小夏出聲阻止，或許不利的情況會完全一面倒地壓在鳴的身上。

正因為看不下去，正因為自己過往也有類似的經歷，所以她才會憤然出聲，想要幫助那名男孩，憑一己之力。

「是這樣嗎……」她沒自信的視線垂落在手中的玻璃杯。「可是我覺得自己好像做錯了，我後來害得小左更加苦惱……」

總是第一時間檢討自己，她的這一點始終沒變。

「夏萱，那是他的問題，不是妳的。」

「哎……？」

我嘗了一口可爾必思，開口回應：「人所有的煩惱來源都是自己，與他人無關。」

「……可是……」

「而且正因為大家都漠視一切，妳才跳出來做正確的事情，不是嗎？」

「——！」

「因為有妳，那些錯誤的事情才沒有被延續下去。光是這樣，就沒有人有資格苛責妳——就算是妳自己也一樣。」

「……小紫。」她的眼眶溼潤，一副快要哭出來的樣子，隨即她閉眼搖了搖頭。

「這次不一樣。」

「哪裡不一樣？」

「這一次只是剛好運氣好，沒有人可以保證下一次能同樣幫到他，就算……」

「夏萱。」

在她繼續說下去之前，我出聲打斷她。

「妳太溫柔了。」

「什麼……？」

「總是為別人著想，擔心自己的所作所為會不會去傷害到他人，自己是不是不應該那麼做？有這種想法的妳太溫柔，也笨過頭了。」

我對上她的視線，投以嚴厲的目光。

「這樣的話，妳自己又在哪裡？」

「……！」這次她難掩內心的震驚，雙眼睜得偌大，好像隨時會有什麼從裡頭迸發。

——只靠我自己的話，根本沒辦法改變。

她錯將責任歸咎在自己身上。

不只是他們的關係，還有鳴自此擱筆、自甘墮落的事實。

因為只有她看在眼裡，過分地在乎，才讓她害怕再有一丁點的錯誤而讓一切無法挽回。害怕自己一直以來努力的理由遭到否定，從此世界染上絕望的灰色。

恐懼促使她停滯，也讓她痛苦不已。

卻沒有發現，能夠扭轉一切的關鍵，也正是自己。

「夏萱，不用擔心，我支持妳。」

我移動到她身邊，用雙手包覆住她的掌心。說出自己早該說出的那句話。

「小紫……」

「只要好好面對自己的心情，正面將心意傳達給對方，對方一定會收到的。」

「…………真的嗎？」

她的話語充斥著疑惑、不自信以及印刻在心頭的憂懼，我只能暫時放下歉疚，以有力且真摯的口吻訴說，盼能傳達給對方。

「真的，沒有問題的。」

「……為什麼，小紫對我這麼有信心？」

面對她的疑問，我回以注視，露出淺淺的微笑。

「因為——妳是我的朋友啊。」

她連眨了幾下眼睛，彷彿聽錯了什麼。「咦，就這樣？」

「就這樣。」

時間暫停了幾秒，相視的我們最後笑了起來。

「總覺得小紫，好像是跟我認識了很久的好朋友一樣。」

突如其來的一句話，讓我不禁一怔，眼窩發熱。

「嗯……我也這麼認為。」

趁著淚水跑出眼眶之前，我趕緊起身，看了眼房間的時鐘，說：「餅乾，應該烤好了吧？」

「啊，對喔！」隨之她也慌忙起身，不忘將杯子裡的草莓奶茶一飲而盡，抓住我的臂膀往門口移動。

「走吧走吧，去看看有沒有成功！」

「嗯。」

一定會成功的。

我微笑注視前方女孩的背影，如此心想。

第二章　踏出一步，而後

——這一次，可以為了我而畫嗎？

回程的路上，這句話不斷迴盪在腦海。

那名陪我長大的女孩，那名我未意識到的少女，一直以來抱持的心意。

過去以來，我只考慮到自己的事情，在我決定放棄的那一刻，她是怎麼想的？

這漫長的幾個月以來，她又是懷著什麼樣的心情，怎麼度過的？

我不知道。

不可能會知道。比起認真在意周遭的人的她，總是故步自封的我是不可能理解的。

假如她沒有親口告訴我，想必我一輩子都不會察覺。

然而，心意化為了言語。她採以直球對決。

像是再也忍受不了我的駑鈍，她把我所有不知道的事情，深埋已久的執著、強烈的盼望，一字不漏地呈現在我眼前。

我真是個無可救藥的人。

居然連這種時候，還要仰賴他人的拯救。

胸口暖洋洋的。

頭頂的傘面伴隨雨滴發出啪噠啪噠聲響，我留意著步伐，盡量將傘柄靠往身體右側，以防走在旁邊的女孩肩膀淋溼。

「……」「……」

沉默的空氣猶如繞轉的行星，在我們之間周旋、徘徊。從踏出校門口、乘上公車到現在，雙方一個字都沒有開口。

有意無意間碰觸的肩膀，像是極其在意彼此的體溫，無法相連超過零點一秒，如牢籠般的雨水卻又反覆將我們推向彼此。

簡單來說，就是尷尬得不得了。

胸口感受的溫熱大概也是出自於此，心跳從剛才就無法冷靜下來。平時那個充滿活力的少女，現在也低垂著頭，暗紅色的瀏海遮住了視線。

煩囂的引擎聲遠離，只有踏濺的水花和傘面的清脆敲擊音伴奏著這無聲樂章。

最後，像是終於忍耐不了這陣沉寂，她開口了。

「小左……你說點什麼啊……」

「……」

「人家剛才都說那麼多了，你卻一句話都沒回應……」

「……我有說一起回家啊？」

「這哪裡算啦！」她總算抬起頭瞪了我一眼。

「就算妳這麼說……好吧。」我乖乖認罪，搔了搔臉頰，知道確實是自己不好。即便如此，也無法改變膠著的現況。

這不是可以輕易回答的話語。

若是不謹慎以對，恐怕又會有人受傷。

不能再因為自己的愚蠢消極和優柔寡斷去傷害到重要的人。

然而，一旦認真看待便發現自己腦袋一片空白，找不到適切的做法，進退維谷。我甚至開始後悔為什麼不在學校就分開，而選擇忍受這長達二十幾分鐘的酷刑。

要不是有人剛好忘記帶傘——思及此，某項重要事物隨著天際閃現的電光，重回我的腦海。

在此之前，有件事非得搞清楚才行。

「那個，萱，我問妳。」

「嗯、嗯……」

她靦腆地回應，視線在地上游移，彷彿在尋找一朵最漂亮的水花，屏息以待。

我深吸一口氣，將那按在心底的疑惑拋出——

「妳知道紫泱去哪了嗎？」

話一說完，我立刻感受到一股冰冷寒氣從她的雙眼漏出，襲向我的背脊。

她眼皮不眨地死盯著地面，開口笑道：

「哈哈，剛告白完，對方心裡想著的卻是別的女生……啊哈、哈哈哈……」

總覺得事態往不妙的方向發展了。

「等等，我不是那個意思……」

「那是哪種意思……？」

「我只是很在意她——」

「你很在意她啊……」

「萱，妳聽我解釋。」

「明明說好有喜歡的人要告訴我結果卻趁著人家告白之後趁虛而入，什麼話都不說第一個開口提到的卻是別人的名字，這到底是什麼意思……」

「萱!?」

好在附近有一間便利商店，我立刻買了一瓶草莓奶茶回來，才沒有讓事態更加惡化。

「呼啊……冷靜下來了。」她捧著鋁箔包，我們坐在公園的涼亭下避開愈加張狂的雨勢。

「所以呢，小左，你要問我什麼？」

雖然很怕又喚醒什麼不該喚醒的東西，我仍以嚴肅的口吻問道。畢竟那是我真的很想知道的問題。

「放學之後，紫泱不是去找妳了嗎？後來妳們做了什麼？」

「做了什麼……」聽聞後柳夏萱歪了歪頭，回答：「什麼也沒做啊？」

「咦？」

「我們應該要做什麼嗎？」

「……」

看樣子我猜得沒錯，紫泱並沒有照著原先的計畫進行。理應屬於她的告白，變成了柳夏萱的告白……對象則從柳夏萱變成了我。

……這是怎麼回事？

當我思考時，眼角捕捉到了若有似無的目光，某人嘴裡咬著吸管卻不肯看我。與剛才的害羞不同，這是心虛的表現。

「萱，妳有什麼瞞著我嗎？」

「……！」

粉色透明的液體堵在吸管中，她的動作停止一幀。接著她放鬆了肩膀，認命地吐氣道：「為什麼小左會知道啦～」

「怎麼回事？」

「唔……」她發出如嗚咽的低鳴，抬起眼珠看我又放下。「就是……小紫她其實知道啦。」

「知道什麼？」

「就是……唔、告白這件事……」

「欸？」

要告白的事，紫泱她早就知情了……？等等，明明上個週末紫泱才決定要向柳夏萱告白，既然這樣，她又是多久之前得知這件事的？

「萱，雖然這樣問有點……妳是什麼時候和她說的？」

「一定要說嗎……」柳夏萱顯得既猶豫又難為情，反問道：「話說回來，小左你幹麼這麼在意？」

「拜託了，先回答我。」

她欲言又止，與我目光相對幾秒後像是放棄了掙扎，吸了一口奶茶後撇開視線。

「上個週末，小紫來我家之後。」

「……！」

她指的是上週日，紫泱到柳夏萱家裡做甜點那一天，恰好是她決定要向柳夏萱告白的隔天。

也就是說，做甜點那天發生了什麼事讓她打退堂鼓，放棄告白……這樣嗎？還是……

思忖著紫泱隱瞞此事的緣由，我不自覺從石椅上起身，望了眼灰濛濛的天空和交加的雨勢，心中忽而升起一股令人不耐的浮躁感。

「萱，抱歉，我得走了。」

「咦……」

「關於今天的事，我會再聯絡妳的。」

我將傘留在原地後準備離開，正當我打算拿起書包遮雨時，手腕上傳來一股溫暖而輕柔的觸感。

「小左。」

柳夏萱抓住了我。

回頭的瞬間，堅定的耳語傳入腦海。

「你又打算一個人解決嗎？」

與她澄澈的金瞳對上眼，我這才發現那隱藏在話語之下不安的神色。她微垂眼瞼道：

「雖然我不知道小左你在想什麼、打算去做什麼，可是我不能讓你就這樣走掉……因為你又露出那種表情了。」

不過隨著她再度睜開雙眼，方才的不安彷彿海市蜃樓，一眨眼消失無蹤。取而代之的是手腕上微微加重的力道。

「是和小紫有關的事對吧？我不明白發生了什麼，可是我覺得有點不對勁……是不能跟我說的事嗎？」她又再度開口相同的話，表露與上次放學後如出一轍的擔憂眼神。

「這……」

「還是你又只是——想把一切都背負在自己身上而已？」

在我打算找藉口搪塞時，她嚴厲而溫柔地說出這句話。

……看來，不管再幾次都一樣瞞不住她。

而且不管再來幾次，我都還是一樣愚蠢。

明明她已經將一切毫無保留地傾訴於我，我卻依然沒有長進地想倚靠蠻力獨自解決。

如果沒有她，真不知道自己最後會迷失在哪條死巷裡。想到這，我不禁苦笑出來。

「……小左？」

看見我不合時宜的舉動，柳夏萱疑惑地彎起眉毛。我順勢掙脫她的手，拿起雨傘朝天空撐開。

「走吧，萱。」

之前不將這件事告訴柳夏萱，是基於紫泱的要求必須假裝不知情，但現在情況不同了。

既然紫泱選擇隱瞞，原先的目的無法達成，柳夏萱也有知情的權利。

再者，我也該改變做法，不能再只是沉浸在自己的世界了。

「我會告訴妳發生了什麼事。」

當晚，紫泱沒有回來。

因為校慶補假的關係，週一不需要上課，也就是延續週日共兩天的假期。換句話說，已經整整兩天都沒見到紫泱的蹤影。由於沒有手機，也不知該從何找起，我們在校慶後徹底失聯。

等待她的人不只我一個，還有在聽完我說明一切來龍去脈後，執意要留在我家過夜的柳夏萱。

她意外地迅速接受事實。關於我們的相遇、紫泱的真實身分，以及為了恢復心跳而接近自己的這件事。或許是長久以來積累的信賴關係，讓她願意無條件相信我，沒有過問太多。

只不過，在我提到同居的事之後，她的眼底徹底失去光芒，並一聲不響離開我家。大約半小時後，她提著大小包的行李再次登門拜訪，順理成章地住了下來。

然而，如同連下了兩日的冬雨，灰暗的天空始終不見破霧的曙光。

未明的現況，消失蹤影的幽靈少女；來自相處多年的青梅竹馬的心意，於胸口醞釀並膨脹的不具名情感。心猿意馬的兩人。

共處同一片屋簷下，卻沒有任何進展，無暇思考那場告白的回答。

我們兩人，就這樣處在一股難以言喻的沉悶氣氛之下，無所事事地度過這個難得的假日。

迎接週二的到來。

「……床……了……」

朦朧的意識中，聽見某人的呼喚。

鬧鐘沒有響，不知道身在夢裡還是現實，只能從無法完全睜開的眼縫中窺見窗外的天色，反射認知到現在是早晨。

「起床了……！」

有人在搖動我的臂膀，我順勢翻過身去，嘗試看清眼前的黑影。

我努力睜開失眠的雙眼，晨光灑落的髮絲散發微微的紅紫色。眼前的臉蛋小巧而嬌俏，臂膀上的力道很纖細。

我這才猛然回想有個人昨晚在我家過夜，下一秒，腦海不自覺將眼前的人影與記憶中的某塊影像連接在一起。

「——……！」

擅自的認知使我迅速起身，腦袋瞬間清醒，同時在察覺到此刻坐在床沿上的人是誰後，內心湧起一股厭惡感。

「啊，你終於起床了，小左。」

「……早安，萱。」

「真是的，叫都叫不動。」

少見地只在後腦綁了一束居家風馬尾的柳夏萱，對我露出看似責備的「拿你沒辦法」的表情。

「……鬧鐘呢？」

「早就被我關掉了啦。」

我看了看時鐘，確實已經超過了平常起床的時間。想不到自己熟睡到這種地步。

「抱歉。」

「沒關係。」她笑嘻嘻地說：「難得可以看到小左的睡臉嘛。」

「妳沒有偷拍照吧。」

「啊，忘記了！」

下一秒，我們的眼神彼此對上，相互凝視。

「…………！」

淡淡的呼吸聲隨著漸強的力道戛然而止，柳夏萱率先起身，用僵硬的語氣道：

「快、快點起床喔，要遲到了！」

「喔、嗯……」

無從應對的微妙氣氛讓我只能支吾出聲。

「小紫她……也會像這樣叫你起床嗎？」

「咦？」

聽見柳夏萱的低語，我抬頭以視線詢問。

「沒、沒事！快點起床喔，小左！」

「妳剛剛說過了啦……」

「反正你還沒起床嘛！」不知為何對我吐了個鬼臉的她，在最後面露一抹微笑離開房間。

目送那融於日常景象裡的豔紅馬尾，我有一瞬間以為自己還沒清醒。

天空放晴了。

走在上學的路上，久違地呼吸新鮮空氣，循環鼻腔的終於不再是雨水的潮溼氣味，而是乾燥而冷冽的清風。

藍天或許真的具有魔力。雖然水窪沒有完全消失，偶爾映照出的都市一角，以及腳底發出的水花聲，都讓人取回了些許童趣。

多虧天空作美，短短的路途上，我們有說有笑。

熟悉的街道，隨便一指都有回憶的影子；許久沒有一起並行的腳步，替灰冷的水泥添上活力。

理所當然而珍貴，讓我再次意會到眼前的玩伴已然成長為跨越時光的少女。昔日與往後的未明關係糾纏著內心，在這片舒爽的藍天之下，唯獨這點困擾著我。

不過這樣的煩惱，也在我們抵達公車站後，被停下腳步的沉默所取代。

我們之間隔了一個人的距離，不發一語盯著地面。公車未到訪的這段期間，我們混在人群裡，等待某個信號。

「那個……」「小左。」

我們同時開了口。

「妳先說吧。」

「嗯……」她停頓了一會，抬起臉來。「小左，你想怎麼做？」

我看著她認真的臉龐，回頭思考著。

兩天沒有現身的紫泱，不曉得這兩天會待在哪裡。不知為何隱瞞一切的她，假如就此不再現身，大概就束手無策了。

面對不明朗的現況，我們無法採取行動。她是死過一遍的幽靈，無法藉由正常的管道或方式找到人，消失就是消失了。

我與柳夏萱肯定都不希望發生這種事。為此能做的只有確認各自的想法，讓彼此的心意一致，應對接下來的情況。

回望柳夏萱無瑕的雙眸，我開口回應：

「我想幫助紫泱。」

「我也是。」

她不加思索地附和。這也是當然的，她肯定不會放下有難的人不管。

「但具體要怎麼做？」

只是雖然方向一致，對於確切做法卻完全沒有頭緒。

紫泱的心上人有了別的心上人，從「與對方交往」為前提的出發點已不成立。假使柳夏萱真的願意與紫泱交往，大概也會被拒絕吧，畢竟這可不是同情的遊戲。

「我想要和她談談。」柳夏萱給出了坦率的答案。「我想先了解小紫的想法，再決定該怎麼做。」

「是嗎？」確實比起動腦子，這種直接行事的風格更適合她。「真不愧是萱。」

「我怎麼覺得小左是在損我？」

「妳多想了，我是真心的。」

「騙人～～」

「總而言之，先見到紫泱再說吧。」

公車到站，我們隨著人潮上車，搖搖晃晃地前往學校。

二十分鐘後到站，依循著熟悉的路線前往所在班級。穿過廣場、中庭，經由右側樓梯前往三樓，最後繞過轉角，抵達二年六班的門口。

腳步還沒踏進教室，視線率先往裡頭追尋，隨即看見一頭令人懷念的青紫色長髮。

就和之前一樣，她坐在我的座位旁邊，將雙腿併攏撇向走道，笑著與他人談天。

她的視線在下一秒與我對上，緊接著——

「小紫，早安！」

柳夏萱從我身旁衝了過去，以一如往常的口吻打招呼。

「夏萱，早。」紫泱揮舞著手，微笑予以回應，我則默默走進教室。

「你們今天一起上學嗎？」

「嗯！啊不對……我們是剛剛在校門口剛好碰到的！」

「是嗎？」她微瞇雙眼，以平時的語氣答道，隨之轉頭看向我。「左同學也是，早安。」

「早。」

「是不是半夜在偷偷做什麼事，講話有氣無力的。」

「睡過頭了。」

「跟長了黑眼圈的北極熊一樣呢。」

「那叫作熊貓吧。」

「如果上課打嗑睡我會偷偷告訴老師的。」她豎起食指，露出一抹淺淺的微笑。

是她。

是我熟悉的那個紫泱。

講話我行我素，淨說一些讓旁人難以跟上的話，看似在意又好像沒在顧慮，就和平常沒有兩樣。

沒錯，根本和平常沒有區別。

搞什麼？

「喂喂，臉太臭了吧。」

就在我陷入沉思時，斜後方突然傳來呼喊。

轉過頭去，俐落的褐色短髮映入眼角。和往常一樣上揚的嘴角與細長的雙眼，清秀到令人有些生氣的臉龐。

何又雲。

他什麼時候跑到我背後的？而且沒有背著書包，看起來已經進教室一段時間。

「不可以這樣汙辱熊貓哦。」

紫泱代替我接了他的話。我這才發現紫泱面對的方向，正是何又雲所在的位置。

「說得也是，真抱歉。」

「肯定是因為憂慮全球暖化而熬夜了吧，真可憐。」

「現在到底在說北極熊還是熊貓？」

……怎麼回事？

一股違和感自心頭湧出。

「我我！我個人比較喜歡北極熊！」

「哦？為什麼？」

「因為草莓跟剉冰比較搭！」

「現在我知道為什麼北極熊會瀕臨絕種了。」

三人間相互鬥嘴，看似和樂融融的景象。

看在旁人眼裡或許並不奇怪，雖然經過不到一個月，我們幾個人的關係確實在這段期間更進一步。一起吃飯、上課，下課也聊在一塊。課堂報告同組，一起參加社團活動和課後練習，能相處的時間幾乎沒有浪費，逐漸形成緊密而自然的關係。人就是透過這種平凡的方式變得親密，回過頭來才發現早已密不可分。

然而，今天不是這種日子。今天可不是所謂「平凡的一天」。不該是這樣。

這樣未免太奇怪了。

「這是怎樣……」

不經意間，黏稠的情緒從嘴角漏出，三人同時看向我。

「小左……」

我知道的。柳夏萱只是想維持平時的作風，以自然的方式找機會開啟話題，這總比在什麼都沒搞清楚的狀況下開門見山，結果卻適得其反來得好。

她是在以她的體貼，嘗試介入這種情況。

我理解。

可是無法接受。無法對現狀這種曖昧不明的關係視而不見。我已經決定要好好面對了。

為何大家都裝作沒事的樣子？難道只有我一個人這麼想嗎……

「真是的。」一道嘆息聲適時地打斷這陣沉默。

「到外面說吧。」

不知為何，何又雲露出了然於心的表情，比向身後的走廊。

距離早自習開始還有五分鐘，清晨的走廊流動著朝著固定方向移動的人潮，以及抓緊時間買早餐的急促腳步聲。

我們從走廊最前端走到最後端，低頭的學生們沒有注意到我們，或許是我們很安靜不值得引起注意。

就這樣遠離教學大樓，我們四個人最後停在後方校舍的看臺附近，冷風直面打在我們臉上。

沉默沒有維持太久，率先出聲的人是紫泱。

「夏萱，抱歉。」

她微微低下頭，說出了這句話。

「咦？」柳夏萱意外地看著紫泱。

「我利用了妳。」

「……小紫？妳在說什麼？」

紫泱將視線投往我的身上，露出似笑非笑的神情。

「妳應該知道了吧？我猜左同學已經跟妳說了。」她指的是自己身為幽靈這件事。

柳夏萱看了看我，再看向紫泱，輕輕點了頭。「可是小紫……」

「左同學也是，抱歉。」

「……」

「我騙了你。」

沒有讓柳夏萱把話說下去，紫泱接著轉向我，說出類似的話語。

我一時不知該作何回應。沒有想到她會這麼乾脆地挑明，不打算隱瞞。

「我讓夏萱去找你，然後自己消失了，對此我感到很抱歉。」

接著她轉向身邊的少女，以柔和的表情詢問：

「夏萱，妳有好好說出口嗎？」

大概是沒料到紫泱會直白地提及那件事，柳夏萱先是一愣，隨即有些慌張地眼神游移，點了下頭回應：「但那是因為我不知道小紫妳……！」

「沒關係的，這本來就是為了妳。」

「為了我……？」

「我希望妳可以幸福，所以沒關係。」紫泱頷首微笑。「我利用了妳來讓自己感到滿足，所以想跟妳說聲對不起。」

「小、小紫才不用道歉！」

柳夏萱以堅定的語氣反駁，用力抿了下嘴唇。「是我不懂小紫的心情……還在不知情的情況下做了那種事。」

「沒關係的，夏萱妳不用想太多。」紫泱走上前一步，撫上柳夏萱的手臂。

「……那小紫妳呢？妳怎麼辦？」

大概能明白紫泱的意思，柳夏萱不打算繼續深究，因此轉往另一個話題詢問。

「這只不過是普通的失戀哦？」

柳夏萱一愣，搖了搖頭。「不對，可是這樣的話小紫妳就沒辦法……！」

她欲言又止，沒有把話說完，並將目光瞥向從剛才到現在都只是在一旁默默觀看的何又雲。只見他聳了聳肩。

「如果班長妳是擔心穿幫的話，不用顧慮。」

何又雲這時也走向前一步，帶著慵懶的語氣與紫泱並肩，向著我與柳夏萱。

「紫泱是幽靈這件事，我已經知道了。」

「——！」

「包括為何回到這裡，以及必須與某人交往的原因。」

……原來是這樣。

剛才體會到的違和感就來自於此。我正想說為何他們兩個可以正常對話了，互動的感覺和之前不同。

難怪何又雲會說出那種話，像是能讀懂我的心情，因為他也站在和我相同的立場上了。

心裡有一股無法言喻的情感在膨脹，與剛才的煩悶混雜在一塊。

「那……小紫妳接下來要怎麼辦？」沒有隱瞞的必要，在場四個人都已經知情，柳夏萱徑直朝紫泱投以關心。

「怎麼辦，當然是再尋找下一段戀情囉。」她笑著道。

「說是這麼說……」

「失戀這種事大家都會經歷個幾次的，對吧？」

柳夏萱微張小口，而後閉上，看起來有話想說，卻找不到適當的言語。

「還是說，夏萱妳願意為了我，放棄左同學嗎？」

「……！」

紫泱提出了唯一的解法，直接將選項攤在柳夏萱面前。對此，柳夏萱只能露出心有不甘的表情。

「沒辦法，對吧？那就只能這樣了。」

「小紫……」

「對不起喔，用這種方式。我明白夏萱妳的擔憂，但目前沒有其他更好的做法了，所以說抱歉——」

「不要再道歉了。」

紫泱的話說到一半，某道聲音唐突地介入。

下一秒我才意識到，那是我自己的聲音。

「為什麼妳要一直道歉？」

聲音不由自主從喉嚨鑽出。所有人看向了我，而我只是盯著自己的腳邊，壓抑語氣。

「為什麼要擺出一副我們其他人都是受害者的姿態？」

聲音迴盪在走廊，使我意識到自己的情感正逐漸膨脹。

即便如此，我也沒有降低音量，而是像個任性的小孩把積在胸口的不滿傾倒而出，像是有根重要的線脫落。

「為什麼要裝作一副自己無所謂的模樣？」

明明那些就不是假的。

過去的生活，彼此間的相處，臉上的笑容，不經意的眼神交流。雖然我無法明辨每人心中的想法，但我能斷言，這些都不是虛假的。

那天在頂樓上看見的表情絕對不是假的，聆聽見的心跳不是假的，她所訴說的心意更不是假的。一切都切實地存在於此處。儘管微弱，正如她曾經說過的，那是自我的證明，會持續奮力地脈動。

所以，她怎麼能說出這種話？

即便我無法讀心，也能肯定那就是違心之論。

至此我終於抬起頭來，目視前方的紫髮少女。下一刻，我卻再也說不出話來。

我無法形容此刻映入眼簾的表情。

看似在笑，卻又像是硬將嘴角給牽起來；細長的眉毛以難以察覺的弧度垂掛，蕩漾的雙眼透露出某股我無法參透的情感。

泫然欲泣——我在一瞬間找到這個詞彙，但這樣的認知也隨即崩塌。

「你在生氣嗎？」

她用完美的笑容偽裝一切，讓我再也分辨不出真假。

「因為我騙了你，所以你在生氣嗎？」

「……不。」

「說得也是，我不應該一直道歉，明明還有更重要的話得說出口。」

隨著話語落下，紫泱雙腳併攏，雙手垂握在大腿前，朝我輕輕一鞠躬。

「謝謝你這陣子的照顧。」

「……咦？」猝不及防的舉動使我一愣。

「謝謝你收留我，陪我商量如何尋回心跳的事，以及各種地方，你幫了我很多。」

……等一下。

「接下來你不用操心了，我會自己照顧好自己的。」

慢著。

「隨身物品我有帶走，剩下的你可以直接處理。上次買的衣服就留給你的母親穿吧，我都摺好放在房間裡了。」

別這樣。

「這三個星期我過得很充實，也很愉快，這都是多虧了左同學。」

不要用這種語氣道謝。

「至於冰箱剩下的牛奶和麵包……我想應該不用擔心。」她不著痕跡地瞥了柳夏萱一眼，露出溫柔的微笑。

「再一次，謝謝你這陣子的照顧，左同學。」

紫泱再度深深鞠躬，猶如要將過往的一切奉還，切割得乾淨俐落。

面對這樣的她，我已經沒有立場再多說些什麼。

「……妳接下來呢？」

僅能從乾燥的喉嚨擠出這最後一句的關心。

至少確保離開後她的生活能有照應，否則柳夏萱也會放不下心吧——我如此懷抱最後的希望，自欺欺人地想著。

「關於這點，你不用擔心。」

如同抓準時機，何又雲在此時介入我們之間，來到我的斜前方。

在心底升起預感的同時，他遞出手掌，不讓我有一絲找藉口的機會，斬斷我最後的掛念。

「紫泱她從前天開始，就借住在我家了。」

彷彿音樂盒的旋律，在腦海深處靜靜奏響。

於內心默念的旁白，述說著一段不為人知的過往。

一名不畏世事的天才女孩。

一名蜷縮角落的怯懦女孩。

一名惡霸與他的瘦弱跟班。

由四名年齡不到十歲的孩童，所展開的一段小小校園冒險譚。

從登場的角色與描述來看，不難猜到故事走向，主要角色是兩名女孩子。

膽小的紅髮女孩，某天運氣不好被惡霸纏上欺負，無法抵抗的她蹲在地板哭泣，恰巧被路過的紫髮女孩撞見。

面對體型比自己高上一截的對手，還有人數劣勢，紫髮女孩不僅沒有逃跑，反而機靈地運用自己的智力和反應，最終趕跑了惡霸與跟班。

因為這一次的事件，讓原先屬於不同世界的兩名女孩，結識成為彼此生命中最重要的朋友。

這就是這樣簡單的一個故事。

比起驚天動地的奇幻冒險，感人落淚的羅曼情史，或是曲折離奇的懸疑推理，對眾人而言，這充其量是用來度過睡前時光的床邊故事。相信沒有任何人會否認這樣的說法。

然而，即便在大家眼裡看似相同的事物，依據不同角度與個人經驗，卻也能呈現出截然不同的面貌。

甚至足以成為夜晚發亮的星辰。

「你喜歡嗎？」

朦朧的記憶中，某道嬌小的身形與悅耳嗓音映入腦海。

答。

「喜歡。」

另一道聲音回應了她。那道聲音的主人……年僅九歲的我，不加思索如此回答。

「我想要畫下來！」

純真而純粹的宣言，響徹在記憶深處。這是只有孩童才能發出的清澈鈴音。

「這樣啊。」

模糊而熟悉的身影，笑著對我這樣說。

「那你來畫我的小說吧！」

從未體驗過的對未來的期待及喜悅蔓延全身，逐漸充盈內心。我回想起人生中第一次發現寶藏的心情。

眼前倏地綻開一抹光芒，那是從一塊抹著泥土的寶石中裸露而出的絢爛光輝。我雖然瞇細了眼卻沒有轉身，伸手想要抓住那道燦爛。

我伸直手臂，努力延伸自己的指尖，讓肌肉達到緊繃極限，咬緊牙根。就在即將碰觸到的剎那──我從睡夢中驚醒，發現自己臉上掛著淚痕。

我坐在床上努力嘗試回想，發現自己愈是用力，剛才的夢境就離自己愈遠，最後散成一片模糊的影像，什麼都想不起來。

甚至不知道那是否是一場夢……只有熟悉的懷舊感纏繞著我，但也只維持僅僅一瞬。

無法沉靜下來的噪音與無名的重量留在心裡，驅使我離開溫暖的床鋪，走向客廳。

寧靜的屋內只有秒針滴答的轉動聲。皎潔月光透入玻璃，化為薄幕籠罩著漆黑而冰冷的家具。

看向時鐘，午夜一點半。陪襯著難得全消的睡意，我泡了杯即溶式奶茶暖和身子，一邊環視屋內。

毫無生氣。不如說這很正常，如果感覺到些什麼才要教人害怕。

可是已經習慣了。習慣了有個會莫名其妙消失，又突然出現的幽靈待在身邊，待在這個家裡。

目光理所當然地朝那裡追尋，門扉敞開的某間客房。我不自覺朝那裡走去，按下燈光開關。

明明才過沒幾天，裡頭的氣息卻彷彿剛才的夢境一般，以驚人的速度消退。注視著某個情景愈久，現實感就愈會迅速地裸露而出，進而將過去的印象覆蓋，我忽然被這樣的認知席捲。

而且她復原得很徹底，與其說用不到的東西就處理掉，實際上她根本沒留下什麼。

只有個地方不一樣。

書桌檯面上，擺放著我先前借給她的筆電。

電源燈依舊散發著微弱藍光，機體相連插座。我如同循著閃爍燈號飛行的飛蛾，動手將筆電打開，按下開機鍵。

經過約一分鐘的等候，進入桌面。

然而桌布沒有任何變化。就和我借給她時一樣，是一片青翠的草原。本來心想或許她會留下什麼樣的惡作劇，例如惡搞桌面，或是留下記事本。

但發光的螢幕上就只是一片看膩的草原。

是不是沒睡飽開始神智不清。人都已經走了，只是個借住的過客。既然對方沒有留戀，我又何必這麼在意，跟個笨蛋一樣。

閃爍的藍燈像是認同我的說法，不停歇反覆明亮。最後，我闔上那什麼都沒留下的筆電，離開空蕩蕩而漆黑的房間。

第三章　今年聖誕節

每逢年底的這個時節，總是有股獨特的氣味瀰漫在空氣中。

即便耳邊沒有播放著令人厭膩的經典名曲，看不見電影裡頭的雪花紛飛，依舊能夠藉由散落在生活各處的線索意識到，它又來臨了。

雪橇鈴、大調。

酒紅色、毛衣、馴鹿角。

耶誕城、市集、演唱會，泡沫、合唱競賽。

愛慕、交往，失戀。

就算街道沒有緞帶，路邊只有榕樹根沒有槲寄生，一旦進入特定區域或是聽見人們的交談聲，濃厚而依稀的聖誕氣息便會環繞而至。

記得我小時候很喜歡聖誕節，因為具有溫暖人心的熱鬧。

不過如今我才發現，或者說留意到，熱鬧的反面是冰冷，溫暖的相反是孤寂。

有人喜歡，就勢必有人討厭，凡事都存在一體兩面。

即便是受萬人喜愛的聖誕節也不例外。

走在上學途中的我，忽然對這個熟悉的節日有了異樣的體悟。

今年的我，是怎麼看待這個節日的？

想著這種事情時，前方傳來人的氣息，自校門另一側與我迎面而至。

「哎呀，早安。」「呦。」

紫泱與何又雲。

我們相互停住腳步，為冬天的早晨增添白霧。

身旁的柳夏萱過一會兒才回過神，揮手回應。

「啊、小紫，早安！」

「早安，夏萱。兩位今天也一起上學嗎？」

「嗯！」柳夏萱瞥了我一眼，而後點頭。「剛好在公車站遇到，小紫你們也是嗎……」

彷彿說到一半察覺了什麼，說話的語氣漸弱，卻透露了肯定。

「嗯，我們是一起出發的。」

紫泱自然地回應，一旁的何又雲則是掛著一如往常的微笑表情。

「說得也是~」柳夏萱一瞬間遲疑，隨後打起精神。「啊，快要遲到了，我們走吧！」

說完，四人一同朝校門口邁進。紫泱與何又雲在前，我與柳夏萱在後，彼此的距離隨著步伐逐漸拉遠。

不是他們加快了速度，而是有人放慢了腳步，我則是配合著放慢步調。

不久後，前方兩人消失在轉角處。

「……總覺得，不太一樣了呢。」

彷彿要確認他們聽不見，柳夏萱這時才開口。

「這是當然的吧。」

「實際看到才有實感嘛！」

「……也是。」

不久之前，根本不曾想過會在上學時撞見這種場面。

雖說那傢伙先前就擺出對紫泱深感興趣的態度，親眼所見又是另一回事。

坦白說，他們兩人站在一起意外登對。一個是俊男一個是美女，他們的言行間少了先前那層隔閡，其實很氣味相投。大概是因為他們都是能理解言外之音的人吧。

無須解釋太多，靠著眼神或在場氛圍就能明白如何應對。實際上從昨天到今天為止，何又雲都表現得很從容，少了以前那種輕浮的感覺。

確實有哪裡不一樣了。而且不只是他們。

我瞥向身旁面容顯得有些憔悴的少女。明明她一大清早就在我家樓下等候，卻假裝說是在公車站遇到。

不曉得是基於什麼原因，她選擇對紫泱撒謊。昨天也是。

也許是仍有顧慮，或是有其他理由，我沒有過問。只是觀察著她若有所思的面容，一路走進教室。

「小紫，要一起吃午餐嗎!?」

午休時間，柳夏萱來到我和她的座位之間，朝紫泱發出邀請。

過去幾個星期，明明都很自然地在便當送到教室後，四人便集合在一起共進午餐。

或許是認定了有哪裡改變了，如今連這種小事也需要經過確認。

紫泱眨了眨眼，露出微笑道：「當然可以。」

隨後柳夏萱轉過頭來，朝我露出爭取同意的水汪汪眼神，讓我只能嘆口氣，將桌子併成一塊。

何又雲當然也在，他的表現和平常沒有兩樣，我們之中最像局外人的就是他。然而他才是那個身處當事者漩渦中的人，反觀我和柳夏萱已經沒有那樣的立場與關係。

坐法也變得和之前不太一樣。原先總是坐在同一側的兩名女生，如今的位置變成斜對角。理所當然地，坐在紫泱旁邊的是何又雲。

我們四人今天各自點了不同的菜色，紫泱、何又雲、柳夏萱與我分別點了香椿油飯、鐵路便當、蔥油雞飯以及紅燒牛肉麵。

就坐之後，我們就這樣吃起各自的便當。因為事先做好，我點的紅燒牛肉麵已經有點冷掉了，於是我趁著餘溫尚存加快了進食速度。

結果不小心被辣油給嗆到。

「咳咳——」

我一邊咳嗽一邊尋找水壺，發現水瓶已經空了。今天販賣部的阿姨似乎特別貼心，添了不少辣油，讓我咳到眼淚都飆了出來。身體果然熱了，雖然方式不太對。

「啊，吃這麼急幹麼啦！我拿水給你。」

柳夏萱說著回到自己座位上，回來時手上卻拿著一罐鋁箔包草莓奶茶。眼下節骨眼沒得挑，我對著吸管嘶嚕嚕地將剩餘液體吸入口中，緩解喉嚨疼痛。

「啊……」

似乎聽見了倒抽一口氣的聲音。我轉頭一看，發現柳夏萱略微睜大的雙眼後，才意識到自己做了什麼。

「抱歉，我等等賠一罐給妳。」

「沒、沒關係啦！反正還有……」她默默盯著吸管口的位置，似乎有點不留神。

「是說，妳不是說要拿水嗎？」如果拿過來的是寶特瓶，就能避免直接就口的問題。

「飲料不是水嗎？」

「不一樣吧。」

「成分差不多吧？」

「妳真的會得糖尿病。偶爾還是要喝點……不對，本來就要多喝水。」

差點被誤導。看來我也不知不覺被那詭異的思維影響了。

感到無言的我將視線移開，恰好對上坐在對面的紫泱，只見她露出有如守護什麼的笑容。

「……有什麼好笑的？」

「沒什麼，只是覺得你們的感情很好。」

她似乎很常產生這樣的感想。記得最一開始我們一起吃飯時，她也這樣說過。

「你們有打算要交往嗎？」

「——！」「小、小紫……！」

面對突如其來的疑問，柳夏萱不禁驚呼出聲，眼珠子像蚊子一樣不斷亂轉，最後承受不住，埋起頭吃起自己的便當。

我露出無奈的表情望向紫泱，只見她托腮回以「所以呢？」的打趣眼神。

這時，一片肉被放到了她的餐盒裡。準確來說是有人用筷子夾了一片肉給她。

不用說，是何又雲。

紫泱詫異地抬頭，望向身邊的他。何又雲則揚起嘴角，說道：「今天便當的肉好像太多了。」

紫泱眨了幾下眼睛，注視眼前的便當，回了一句：「謝謝。」

看來，感情好的不只是我們。

我與何又雲四目相接，只見他笑著回應：「怎麼，你也要嗎？抱歉，我只剩小塊的。」

「我點的可是牛肉麵。」

我將一塊牛肉夾進嘴裡，狼吞虎嚥起來。

用完餐後，我們來到後走廊沖洗餐盒。

等待的同時，某道身影靠了過來。

「話說，今年聖誕節你有什麼打算？」

「啊？」沒來由的問句讓我反射性出聲。轉頭一看，果然是何又雲。

「再過幾天就是聖誕節了，你知道吧？」

「當然知道。」

「沒有安排？」

他的回應令我一時語塞，還摻了一點心虛感。

「之前就算了，今年的情況應該不同吧？」他以像是期待著什麼回應般的口吻這麼說。

「……囉嗦。」我撇過頭去，不想照著他的意圖回答，反問：「你呢？」

「當然是都想好了。」他卻不加思索地回應。我默默回過頭去。「畢竟是一年一度的聖誕節，要好好規劃才行。」

「是嗎？」

為了延續話題，我大概會追問他打算去哪，或是為何問我這個問題。不過現在的我沒有如此開口的慾望。

「聽說今年 101 預計設置一百零一座聖誕樹景觀，觀景臺會推出限定的德式甜點跟音樂會。我打算往那個方向安排。」

「聽起來只要去一次，接下來一星期三餐都只能吃泡麵。」

「至少可以拍拍照。」

「是喔，你是會拍照的那種人？」

「要拍的不是我。」

他瞥了我一眼，眼光裡稍微帶刺。

我斜望回去，不清楚自己臉上是什麼表情，兩人默不吭聲了一段時間。

「我不會道歉哦。」

何又雲往前踏出一步，占據騰出空位的洗手臺。

「我說過的吧，如果你再猶豫不決，我就要搶走了。」

轉開水龍頭，水花淅瀝淅瀝。

我站在原地，默默等待前方的人清洗完餐盒。

放學時分。

柳夏萱抓準時機，在紫泱收拾好書包準備離開的同時移動到我們座位旁。

「小紫，今天也要打排球嗎!?」

和中午的時候一樣，她是為了確認那習以為常的日常能夠一如往常地繼續運作，前來進行詢問。

然而，原以為紫泱會拿出和中午相同的輕鬆態度回應，只見她面有難色。「抱歉，夏萱，今天不太方便。」

「咦？小紫沒帶運動服嗎？」

「不是這樣。」

「那是……身體不舒服？」

「也不是。」

「還是……」柳夏萱這次問得有些遲疑。想必她也察覺到了，對方是在顧慮些什麼而沒有正面回應。假如是平常的她大概會打破砂鍋問到底，但此時的她自然不會那麼做。

正當空氣開始膠著——

「有什麼關係，就去嘛。」

何又雲靠了過來，臉上掛著爽朗的笑容。紫泱瞥了他一眼，微微瞇起眼睛。

「反正我也不想那麼快回去。啊班長，也算我一個吧！」

「喔、喔……！」

在場的人大概都立刻猜想到原因。因為寄人籬下，放學後紫泱必須與何又雲共同行動，因此無法自由決定行程。

不知為何紫泱的表情看起來有些微妙。

「那就走吧！」

何又雲率先領頭，走出教室。

「啊，我的運動服放在社辦！」柳夏萱一如既往冒失，說著「你們先去吧！」便往走廊另一頭衝出去，留下我和紫泱。

「…………」

周圍頓時安靜下來。

這是在那之後的第一次獨處。突如其來的共處讓我一時有點手足無措，明明一直以來都很習慣。

「……妳不換衣服嗎？」

「嗯，要。左同學呢？」

「那就順道一起去吧。」

我們拎著書包走出教室，往更衣室的方向前進。

雙方一路上沉默著，不像周圍有人時能將注意力放到他人身上以獲得緩衝，留心對方的狀態成為一種負擔。

尤其事態演變至今的現在，要說心裡沒有芥蒂是騙人的。雖然不知道紫泱是怎麼想的，不過正因如此，有些話只有這種時候才開得了口。

「妳沒打算還我呢。」

我率先開啟話題。

紫泱接收到我的目光，微縮下巴，盯向自己肩膀的位置。上頭披著一件毛衣。我的亞麻色毛衣。從我們初次見面後就一直借放在她那邊。

「還說只帶走了隨身物品。」

「是隨身物品喔。」

「隨身物品也是有分公有和私有的吧？」

「那時候沒訂下這種規則嘛，你不會在意吧？」

「雖然打從一開始妳就沒打算還我的樣子。」

「你不知道嗎？人要養成一個新的習慣，至少需要二十一天，而這件毛衣跟我相處已經二十八天了，離不開了。」

「妳不只任性，還很厚臉皮。」

她輕笑出聲。「抱歉，但能不能讓我留作紀念？」

「……隨便妳。」硬是要回來也沒意義，反正還有其他件毛衣。話說回來……

「為什麼妳會記得這種數字？」

「你是說二十一？」

「二十八。」

「啊～」她抬起頭望向天花板，呢喃道：「畢竟以一個月的概念來算，很容易記住嘛。」

「是嗎……又不是情侶。」

會特別記住一個月、一百天，或是一千天這種數字。

「只要是重要的人都是這樣的。」

「少來了。」

「嗯？」

「妳明明知道我想說什麼吧。」我聲音低沉地瞥了她一眼，「這是妳跟萱相遇的天數吧？」

她微微笑著，沒有回話。二十八天，一段感覺沒多久，實際上也可以發生很多事的時間。

「當初如果不是妳我也不會累得兩邊跑，結果妳現在說不要就不要。」

「這樣對大家都好。」

「妳明明也是認真的吧？妳真的甘願這樣就好嗎？」

「我之前回答過了吧，也要顧慮夏萱的心情。」

「就算妳這麼說……」

「畢竟不是什麼事都能如自己的意嘛～」她一邊說著一邊伸懶腰。看似輕描淡寫，但我明白她想表達的意思。

了解她是為了柳夏萱，才會取消那場告白。也了解她是因為柳夏萱，才會選擇搬離我家。這些我都明白。

但即便如此，我心裡仍存在一股抗拒。面對她那令人火大的坦然，我無法驅離心中那股近似怒火的不具名情感。

面對我的沉默，她輕輕開口。

「很謝謝你願意幫我，我也清楚自己如你說的任性又厚臉皮。不過我希望夏萱能夠獲得幸福，是真心的。」

隨之她轉頭注視我。

「——也希望你能獲得幸福。」

「……！」我的肩膀一震，不自覺握緊拳頭。

「…………別開玩笑了。」

「什麼？」察覺我停下的腳步，紫泱回過身來。

「我說別開玩笑了！」

我在原地朝她吼了回去。

沒想到自己會再次在她面前失控。我的理智認知到這份不理性，但還是任憑話語脫口而出。

「從剛剛到現在……不，從昨天開始，妳說的話根本就不是為了自己，只是拿別人當藉口而已！」

紫泱冷靜地回望著我，沒有回話，彷彿要留給我宣洩的空間。

「我當然知道妳在顧慮她，也多少能明白妳這麼做的理由，但妳口口聲聲說是為了誰、為了大家……難道妳就看不出來嗎？萱她從昨天到今天所做的行為，為的都是什麼。」

我停頓一晌，將話語拋出口中。

「她只是想再和妳當朋友而已！」

說謊也好，笨拙的邀約也好，雖然一開始想不通，但仔細思考就能發現，柳夏萱只是單純地想要珍惜這段友誼。

然而紫泱對她的態度明顯存有疙瘩。既然她選擇了不再仰賴我以及柳夏萱，而是託付給另一個人，那就更不應該如此。

思及此，「那個人」的身影浮現腦海。中午時的對話隱約響起，化作一團黑線纏繞在心頭。

說到底，從一開始——

「……妳為什麼不告訴我？」

我壓低音調，用低沉的嗓音質問。

「為什麼不和我討論？明明最一開始是妳耍任性，找我商量，結果最後妳卻一聲不響消失，擅自離開。」

當我察覺時，顫抖已經蔓延至胸口，導致說出口的話語也充滿了不確定性。

「擅自道歉、擅自說為了別人好，說是在顧慮別人的心情……開什麼玩笑！妳又有顧慮到我的——」

…………！

說到了這裡，我才倏地睜大雙眼，察覺自己這幾天以來真正的想法。

那被埋藏在自己心底的真實情感。

沒錯，說到底，我只是不甘心被她這樣對待罷了。

說別人任性，其實自己也是一樣。

比起任性，還更自私。紫泱捨棄了恢復心跳的可能性，優先以柳夏萱的心情做考量，因而做出了這樣的決定。

然而我只是盲目地遷怒，在根本沒理清自己情感真面目的前提下，指著別人的鼻頭斥罵。

簡直太不要臉了。

意識到自己這份羞恥的心情後，我壓低視線，緊咬嘴脣，再也說不出話。剛才對她拋出的那些話語，彷彿化為利刃往自己身上刮削而來。

真是奇怪，我為什麼會對她這麼執著？明明認識不到一個月，卻覺得心底壓著一股沉甸甸的重量。

算了，到此為止，別再管了。這已經不是我該插手的事了，既然她決定那麼做，剩下的事就交給別人吧——

一陣溫熱撫上我的臉頰。

我猛地抬起頭，見紫決伸出右手，捧著我的側臉。

「對不起。」

她用透明般的微笑說著，嘴角彷彿滲出一絲淡淡苦澀，雙目寄宿的是我未曾見識過的柔和。

「這是最後一次了，我保證。不會再有下一次了。」

「……！」

一股悲傷化作酸楚襲向我的鼻腔深處。

不曉得自己怎麼了。為何自己會產生如此濃烈的情緒，理應不該如此。

即便一起生活過，擁有共同的回憶，度過不少打鬧、或許能稱之為快樂的時光，也不該是這樣。

理由存在何處？

心臟如發出哀鳴般跳動著。

撞擊的力道使胸口傳來一陣陣痛楚，而臉上的溫暖像是為了中和這無地自容的哀傷，始終陪伴著我。

當天晚上，我發了一則訊息給柳夏萱。

『我會試著重新開始畫圖。』

訊息發出後不到五秒，聊天視窗就出現已讀標示。

緊接著，電話鈴聲響起。

「喂？」

『笨蛋——！這種事情要用說的啦!!』

原以為她會說什麼「真的嗎!?」或是「你說什麼……！」之類感慨的話，沒想到一接起來就遭到劈頭痛罵。

「打字比較快啦……」

『小左你畫了嗎!?』

「還沒……我才剛洗好澡。」

『那等我！』

留下了一句不知道是什麼意思的話後，柳夏萱立刻將電話掛斷。

過沒幾秒，跳出一則新的訊息通知。

『我還沒洗澡？大概半小時到！要等我喔!!』

能從文字之間感覺到另一頭的匆忙。

……什麼啊，這是要來我家的意思嗎？

總覺得她最近拜訪我家的行為愈來愈自然了。雖然以前就是這樣，也沒什麼好大驚小怪的。

「要來啊……」

我坐在床上，掃視著自己應該還算乾淨的房間，視線坐落到角落和櫃子下成堆的紙箱。

我走下床，抱著至少稍微整理一下的想法，卻在中途轉而將紙箱移動到房間空曠處，拿起美工刀，割開膠帶。

刀鋒劃過，塵埃如同要逃跑似地一口氣擴散到空氣之中。

我將手扶在微微膨起的紙箱表面，沒有立刻打開，而是循環幾次呼吸後，才扳開紙箱的交接處。

箱子裡是沒有被我好好整理、當初胡亂塞入的凌亂紙張，上頭可見各式暈染與顏料。

水彩畫。約莫小學五年級時期的作品。那時有半個學期都在上水彩課，間接使我對水彩產生了興趣。記得當時光要學會把握顏料與水的平衡，就讓我頭痛了許久。

如果顏料太濃，顏色會刷不開；若是水太多，飽和度一下就會被稀釋。不同顏色的邊界時常交融在一起，我苦練了好一段時間才有辦法掌握得宜。

接著我打開另一個紙箱。

裡頭是素描以及少量的版畫。國中時期的作品。那時我開始學著用炭筆作畫，因為只有一種顏色，必須練習運用漸層凸顯立體感，講求力道的控制與穩定性，是種相當需要耐心的作畫技巧。當時的衣服跟臉每天都被碳粉弄得髒兮兮的。

至於版畫比較偏興趣，因為喜歡那種油墨與紙張分離時的特殊音效，所以有一陣子很沉迷，雖然顏料真的超臭。

再來我又打開一箱又一箱、曾經由自己親手創造的作品。

從肆無忌憚的塗鴉，到有意識地穩定線條並上色，再到使用不同媒材作畫，過程中所創作出來的每一片單薄紙張，都象徵著成長而不斷積累厚度。

並不是每一幅作品都能達到水準或是讓自己滿意，但至少能確定的是，在每個作品完成的瞬間，都是傾盡自己當下所能付出的最大努力完成的。

每天一有空閒或是放學之後，桌上永遠擺放著白紙。不論那一天只有刻上幾筆線條，或是坦蕩蕩地直接完成一幅畫，每當擱筆時，內心就會縈繞著充實感。

那是一種知道自己「今天也在前進」的滿足感。那時的我是這樣過活的。

然而這一切的成果，都在最後被關進不見光的紙箱裡，被自己刻意遺忘，成了如今無所事事的自己。

老實說，剛才好幾度都想把紙箱闔上，重新擺回角落，但是不行。

如果再不振作起來，我有預感自己會就此軟爛一輩子。

就算咬緊牙根，面對自己想像出來的惡夢也要把它擊退，重新塑造出自己想著眼的面貌。

所以我必須重新審視一遍自己的過去才行。才有辦法知道該從哪裡再次出發，即便過程摻滿不堪。

所有紙箱都被我拆開看過一輪後，我起身走向書桌，打開最底層的抽屜——拿出那塊黑色電繪板。

接著走向紫泱先前借住的房間，打開書桌上的筆電。

按下電源鍵，看著畫面由黑轉為遼闊的青綠色，滑鼠點開位於硬碟某處的資料夾。

檔案由上到下排序。將檢視方式從詳細資料轉為大圖示，繽紛的色彩瞬間占據螢幕。

這是夢想真正開始的起點。

為了能夠畫出匹配得上那篇小說的插圖，描繪栩栩如生的人物形象和充滿氛圍的背景，我在建立了美感和學習各種美術風格的基礎後，全力專攻電腦繪圖。

從模仿自己喜歡的作品，到嘗試從零到有建立原創角色；從學習單一人物，到兩人以上的多人互動構圖；從細節、部位拆解，到光線、陰影整體的雕修。

原先不忍卒睹的骨架及五官比例，開始有模有樣，單調的顏色逐漸變得豐富。我發現自己慢慢能夠有意識地操弄線條，降低反覆修飾的時間。發布到網路上的作品開始受到他人注意和賞識，培養起自信。

不過當時的我知道，只是這樣還不夠。還遠遠不夠。光憑現在的實力還沒有辦法。不光是畫技的優劣、神韻的捕捉、對細節的考察及敏銳度，甚至必須理解角色的想法，才有辦法呈現真正理想中的畫面。

——那你來畫我的小說吧！

熟悉而朦朧的話語再次閃過腦海。

無憑無據的盲信，我確信那是我最一開始前進的理由。儘管想不起來那究竟是誰對我說過的話，從何而來，不過沒有關係。

我還能找到其他的理由。

——這一次，可以為了我而畫嗎？

明確而清晰。兒時玩伴……有另一個人的心意，切真地存在此處。

就算丟失了初衷，一定也還能再找到其他出發的理由。能夠讓自己再次前行的燃料，肯定不會只有一種。

如同活著的原因肯定不會只有一個。

回想起來，我只是想要，好好地畫下來而已。

想要描繪出屬於自己的繽紛世界，回報給最初的那份感動，以及當年的自己。

無須拿他人作為冠冕堂皇的藉口，只是為了自己而已。

因為這才是所謂的夢想。

「妳說對吧……」

叮咚——！

門鈴響起。

我起身前往玄關，迎接來訪的柳夏萱。

她很少見地沒有綁頭髮，平時裸露的後頸被垂落的海棠紅秀髮覆蓋住，少了原先的稚氣，增添一絲女人味。是因為剛洗完澡的緣故嗎？

她披著一件大衣，裡面似乎只有一件薄薄的長袖，下半身是合身的黑色緊身褲，露出一小截雪白的腳踝。

只見她劈頭大喊：

「你畫了嗎！小左你畫了嗎!?」

「沒有啦。」

她把整張臉貼了上來，甚至感覺得到餘溫和沐浴香氣飄了過來，使我不禁退縮一步。

「真的嗎？……呼。」

「進來吧。」

她身上沒帶任何東西，似乎就這樣兩手空空趕過來，看來真的只是因為我那一句話就跑來了。

「外面會冷嗎？」

「剛洗完澡所以不會～」

「要喝點什麼嗎？」

「草莓奶茶！」

「抱歉，是我太蠢。」

我拿出櫃子裡的日本產草莓奶茶即溶包，號稱是使用北海道的全脂奶粉調配，沖了一杯給她。順帶一提，這是她擅自採買後放在我家的。

口頭說不冷，但還是來回摩擦上臂的她接過馬克杯，說了聲謝謝，環視屋內後朝我發問：「小左你剛剛在做什麼？」

「沒什麼。」

「零分！」她用手指著我，彷彿有一個大叉叉在她頭頂展開，發出「嘟嘟」的音效。

「明明兩個房間都是亮的。」

「我在看以前的畫。」

她頓時睜大雙眼，不可置信地「咦……」了一聲後，緊接著喊道：「真的嗎!?我也要看！」

「妳不是以前都看過了嗎？」

「要回味一下嘛~而且哪有全部！」

說完，她徑直走進我的房間。看著她停在門口的背影，我發現她的肩膀緩緩緊繃。

不過那只是短短幾秒的事，接下來她便開始肆無忌憚地翻閱紙箱。

「哇，這是小四美術課的色紙作業對吧！只能用三種顏色拼貼，大家會去借自己沒有的顏色，有的人還因為借不到哭了。」

「啊，好懷念～我那時候畫的明明是草莓，卻因為沒有紅色顏料被大家誤認成鳳梨。」

「咦？這張是不是有被展示在學校的布告欄？啊，這張是——」

像是在翻自己的寶庫一樣，柳夏萱時而叫喊，時而沉浸在自己的回憶裡。我靠在門沿上看著被放置在地板上一口都沒喝的草莓奶茶，隨著她的話語一同穿梭過往。

過了幾分鐘，像是看過癮了，她回頭瞥了我一眼後，將手上捧著的畫放回箱子裡。

「……仔細一看，你以前真的畫了很多耶。」

「是啊。」

「還好沒有丟掉。」

大概是我其實根本就沒有膽子扔掉吧。因為內心存有留戀。

柳夏萱輕輕端起地上的奶茶就口，說了句「冷掉了……」接著像是不在意般走向門口，也就是我這邊。

「可以去另一間看看嗎？」

大概是已經被她偷瞄到桌上擺放的筆電，我點了頭，往房門外移動。

「小左都偷偷摸摸待在女孩子的房間裡？」

「這是我家耶……」

「下流～～」

「太不講理了吧。」

她哈哈笑著走進紫泱住過的臥室，彎腰審視了一下螢幕，轉頭道：「這全都是小左你以前的畫嗎？」

「嗯，不過我還沒看妳就來了。」

「那一起看吧！」

「欸……一定要嗎？」

「哼～！」她用鼻音表示抗拒，微微噘起嘴來。

「……唉，我再去搬一張椅子……」

「沒關係。」

她迅速回答，以一種不自然的姿勢坐下。準確來說，她不知為何沒有坐正，露了一半的屁股在椅子外。

她輕輕拍了拍自己的大腿邊，也就是另一半空著的椅面說：

「一起坐就好了……！」

她說著這句話的時候沒有看向我，而是盯著鍵盤，但鍵盤上只有注音符號和英文字母。我按照她的指示，來到她的身旁坐下。

若有似無的距離，隱約傳來的體溫，還有剛出浴的香氣。

我們的視線一同定焦在眼前方方正正的螢幕上，好像在玩一場先轉頭就輸的遊戲。

「那、那就……」

因為她坐在右手邊，滑鼠的掌控權落到她身上，她開始朝她有興趣的縮圖進攻。

接下來是長達十分鐘的酷刑。

因為我有好好存檔的習慣，所以基本上從學習電繪初期到後期，所有的檔案都被留存了下來。換言之，完整的黑歷史。

「啊，是初音！」

不知道是不是被同為雙馬尾的髮型吸引，她率先點開某個網路知名的虛擬歌手插圖系列，我國中時有點沉迷，所以畫了不少二創。

「哇～是櫻花的主題耶，他們是在賞花嗎？可是為什麼在吃水餃，不是應該吃草莓嗎？」

她偶爾會直觀地說出自己對圖畫的想法，或者說個人主義的吐槽，讓我不知道該如何回應。

「這個人物是誰，原創角色嗎？咦……右手是不是畫錯了？」

而且她對細節意外地敏銳，就連兩手拇指位置相同這種細微之處也能察覺。

「欸欸小左，背景會不會很難畫啊？」
會問一些有點難用三言兩語就解釋清楚的問題，重點是還沒說明完她就會緊接著拋出下一道問題。
明明只是個用眼睛看的活動，卻覺得身心靈都備受考驗。為什麼不能像參觀美術館一樣安靜瀏覽就好呢？
但我沒有出聲阻止她，那就不是柳夏萱了。況且，我想對於她來說，內心的激昂與興奮比我要多出好幾倍吧。
否則也不會在冬天洗完澡的晚上特地出門，也不會賭上自身心意也希望我能重拾繪筆。
看著身邊眼睛發光的少女的側臉，胸口不自覺暖和起來。今晚就破例讓妳看個高興吧。
就在我如此想著時——
「小左，這是什麼？」
柳夏萱的滑鼠移到某個資料夾上，轉過頭來詢問。
混雜在圖檔以及規律數字編碼之間的，是一個名稱有點突兀的資料夾。
資料夾名稱標示為「For Dearest」。
我怎麼沒印象有這個資料夾？而且雖然看得懂，但我基本上不會用英文命名。
「我沒印象。」

「是某部小說或電影之類的嗎？」

「……有可能。」

「我可以點嗎？」

「嗯。」

喀噠喀噠。

點進去的頁面幾乎是空白的，唯獨一份文檔出現在左上角。文檔的命名同樣是「For Dearest」，這句意義不明的標題。

我與柳夏萱對上眼，打開了那份 word 檔。

裡頭沒有圖片，只有文字。成堆的文字，組成將近十五頁的段落。

是一篇小說，而且……

「這是……」

是我小時候讀過的那篇小說。

講述兩名女孩的故事。

歷經惡霸事件，兩人互相交心，成為朋友的故事。

前幾天的夢境。

為什麼會在這裡？從國小之後，我就再也沒看過這篇小說。因為不記得是誰寫的，也查不到出版紀錄，所以根本無從找起。

……說起來，這似乎是我第一次興起要「找」的念頭。

「小左，我對這個有印象……」

「咦？」

「國小的時候……」柳夏萱一邊閱讀著，一邊回憶道：「這不就是讓小左你立志成為插畫家的那篇小說嗎？」

聞言，我遲疑地點了頭。「為什麼會在我的電腦裡……萱，妳記得妳是在哪看過的嗎？」

只見她想了一會，搖了搖頭。

「我只記得不是在電腦上，可是具體想不起來。」

「這樣啊……我也是。」

「為什麼會在小左的電腦裡？難道這是小左寫的……？一切都是小左自導自演!?」

「怎麼可能，我看起來像會寫小說嗎？真要說起來也是妳寫的吧。」

「啊哈哈，說得也是～」柳夏萱將目光轉回螢幕前，轉動滑鼠滾輪。「可是……好像有點不一樣？」

「……嗯，我也這麼覺得。」

雖然有印象，兩人甚至擁有共同的記憶，說明這就是我當年閱讀過的那篇小說，但卻有某些地方與原先的記憶不同。

首先，故事登場的角色不只有四名，而是五名。

紫髮女孩，紅髮女孩，惡霸與他的跟班——這是原本的四名角色。但在這篇小說裡，多了另一名角色，那是個男孩。

他有著一頭亞麻色短髮，性格率直而單純，是女孩們的同班同學。

其次，是故事的長度。

看了一下這份檔案的字數統計，約有一萬字。然而過去讀到的那篇小說，閱讀體感頂多只有五千字左右，是這份檔案的一半。也就是說……那篇故事還有後續？

第三，劇情梗概仍是講述紫髮女孩在惡霸事件中拯救紅髮女孩，並且兩人在最後成為朋友，但其中情節略有差異。

在惡霸事件中，第一個現身拯救紅髮女孩的人其實不是她，而是那名新登場的男孩。由於男孩拖住惡霸爭取時間，紅髮女孩才有機會向外求援，紫髮女孩因而趕到。

兩名女孩最後之所以成為朋友，是因為男孩鼓勵了紅髮女孩，促使她鼓起勇氣進一步接近紫髮女孩。

這些劇情都與原先讀到的版本不同，看起來卻不像是刻意安插上去的，反而有種更加合理的感受。

接續下去的，是我與柳夏萱都毫無印象的劇情，也就是全新的故事。延續「前篇」的「後篇」——接續兩人成為朋友之後的劇情。

結交到人生中第一位朋友，兩名女孩的生活各自有了改變，並相互珍惜著這段看似平凡的友誼。

不畏世事的紫髮女孩教會紅髮女孩何謂堅強，總是替他人著想的紅髮女孩讓紫髮女孩知曉何謂友情。她們一起玩耍，一起做課堂報告，一起在下課後歡笑。

有時候紫髮女孩會帶著紅髮女孩一起蹺課，有時候紅髮女孩會邀請紫髮女孩到自己家裡吃點心。

兩人共度了一段相當愉快的時光。

然而好景不常，在這之後的某一天，紫髮女孩突然被宣告得了一種不治之症，壽命僅剩下短短一個月的期限。

在這最後一個月的時間裡，紫髮女孩與自己唯一的朋友，以及日漸喜歡上的男孩，一起做了許多事情。

許多活著才能做的事情。

那就是好好地生活。

他們依舊每天上學，依照課表操課。沒有搞一齣史無前例的大逃離計畫，或是去做一件驚天動地、足以永生難忘的莽夫之舉。

他們上課、下課。完成課堂的報告，參與學校舉辦的競賽與活動。放學後逛街玩耍，假日到對方家裡作客、吃甜點。偶爾再一起蹺個課。

就只是很平常地過日子。重複著平常會做的小事。

彷彿只要這麼做，幸福的日常就會永無止境。

三個人在這一個月裡完全沒有提到那件事，只是盡情地享樂，享受屬於他們的青春。

直到紫髮女孩離世。

那之後，紅髮女孩不再出現在課堂上。準確來說，傷心欲絕的她沒有辦法正常上學。相較之下男孩似乎很快就接受了事實，並在每一天放學後都來探望女孩，順帶交付學校作業。

每次看見女孩，她總是哭腫雙眼，但男孩並不會特別表示關心，只是像執行例行公事，每天定時拜訪，完成任務。女孩私自對此無法理解，並日益忍耐。

終於，兩人之間產生了裂痕，在某天吵了一架。或者該說單方面的指謫。

女孩不明白男孩為什麼能維持那種態度，為什麼當作什麼事都沒發生，既不關心也不哭泣，對待朋友的離世一點也不在乎。

那一天，男孩從頭到尾沒有一句還嘴，最後安靜地離開了女孩的家。

這下子全部都失去了。第一個鼓起勇氣交到的朋友離世，喜歡的男孩對自己漠不關心。她感覺自己的世界就要崩塌了。

就在此時，她發現門口的地上有一張紙條。

似乎是男孩離開時遺落的。

她走上前去撿了起來，看見上面寫著幾個字。令人意外的是，那是自己思念許久的好友的筆跡。

紙條上有無數水滴乾掉的痕跡，寫著：

——代替我陪著她，讓她不要哭泣。

女孩瞬間明白了。

這是自己的摯友，在離開人世之前託付給男孩最後的請託，希望能代替她完成的心願。

那就是要好好守護自己最親愛的朋友的笑容。

這是紅髮女孩最後一次大哭。

從那之後，她下定決心不再哭泣，因為不是只有她一個人承受悲傷。

女孩找上男孩，給了他一個擁抱，這次輪到男孩放聲大哭。

最後，男孩和女孩牽起了手，帶著已故好友的心願和擦乾的淚痕，向著夕陽的方向前進。

故事就到這裡結束。

這就是結局。

頁面捲動到底端，無法再向下滑動。

然而臉上的淚水卻止不住。

不知道怎麼回事。

好想哭。

當意識到這件事的時候，眼淚早已奪眶而出，並且像壞掉的水龍頭一樣無法止住。

痛苦的情感在心底翻騰，夾雜著熾熱到令人難受的溫柔襲向心頭。

什麼都無法想，什麼都想不起來，只有無以名狀的哀傷纏繞在胸口並蔓延全身。

耳邊傳來不屬於自己的啜泣聲。

她的臉上也掛滿淚珠。柳夏萱轉過頭來，用令人憐惜到想擁抱住她的聲音說：

「小左，我不知道怎麼了……可是我……我……」

她的臉皺成一塊，眼淚撲簌簌地落下。

「我可以……我可以……」

猶如請求的呼喚。

我靜靜將她擁入懷中。

用手臂環繞住的身軀，比想像中還要嬌小、柔軟，而且脆弱。讓人想要輕輕安撫那顫抖得厲害的肩膀。

一道聲音這時在腦海響起。

——一定不讓身旁這名女孩的笑容消失。

自己曾經許下的諾言。

就和故事裡的男孩一樣，必須好好守護住女孩的笑容。守護住那珍貴的兒時玩伴——名為柳夏萱的女孩的笑容。

為此，我必須讓自己擁有資格。

不能以這副半吊子的模樣。

所以不行。現在還不行。

我必須和她一樣，用同等的心意與覺悟回應，否則一時興起的溫柔，是無法給予真正的陪伴的。

我握緊拳頭，默默下定決心。

——今年聖誕節，我要實現這個諾言。

第四章　刺耳的回憶

過了今年，會有什麼不一樣呢？

昨晚看著跳出的訊息通知，本是抱著「該不會忘了什麼吧？」的心情點開，隨即想到自己那天除了鑰匙外根本沒帶任何東西過去，連手機都忘在家裡，而這樣的思考在看見文字之後立刻中斷。

他有時候會這樣……不，一直以來都是這樣。

總是做一些出乎我意料的舉動。

簡單來說，這就是答覆吧。

是承諾給予答覆的答覆。換句話說，可能會是第一次，也是最後一次。

我有點不想赴約。

明明是自己下定的決心，卻在這種時候想要臨陣脫逃，我這種膽小的性格果然還是沒變。從以前就一直是這樣，總是不停地想要逃。

不過這次不行。我已經想好了故事的結局，我只想讓一名公主幸福。只是要讓哪一名公主幸福，那是王子的選擇。

我只能在一旁默默守候。

想必王子的選擇，不管對誰來說，都是溫柔且殘酷的。幸福的美好童話不會降臨，至少不可能同時發生在兩個人身上。

一定會有人承受傷痛，然後繼續前進。

所以我也要前進。

否則不會知曉答案，或許就連答案本身都會錯過。

我已經不想再躲起來了。

我想要好好去接住，縱使那會讓心摔傷，我也要輕柔地把它捧起來，小心翼翼地收進自己的胸口。

希望踏過今晚的平安夜，迎接明天的夜晚時，頂端的星星會為我閃耀。

出發吧，柳夏萱。

——去迎接這個必定不同的聖誕節。

今天校門口給人的感覺有些不同。

總覺得人們之間隔著微妙的距離感。

結伴成群，成雙成對，或是形單影隻。儘管司空見慣，不論是哪一種情況，看起來都和平常有些微的差異。

三五成群的人們，幾個人的視線只落在特定的對象身上；並肩行走的男女，裹著青澀的氛圍；獨自低頭的人，散發一股漠然的氣息，不知為何都戴著耳機。

真是特別。

站在校門口的我，無聊地開始觀察起人們。

十二月二十四日，聖誕節前夕。

平安夜。

天還沒有完全暗下來，大家卻像是深怕夜晚逃走般快速朝學校的反方向離去。這就是聖夜的魔力嗎？

天空渲染著蛋黃般的色彩，冷冽的氣流穿過鼻腔，來到喉嚨，乾燥的空氣使我吞了一口口水，但沒起到什麼滋潤的作用。

我重新望向熙來攘往的放學人潮，不知怎地覺得人們的步伐似乎突然慢了下來。反覆定睛那些面生的臉孔，又覺得根本和平常沒有區別，人們之間本來就各自有無形又獨特的關係。

啊，原來是看待的人的問題嗎？我忽然察覺到這點，這時肩膀被輕碰了一下。回頭一看，是那位讓我開始莫名檢討自己的罪魁禍首。

「小左，久等了。」

「真的挺久的。」

「哪有，才十分鐘而已！」

立即反駁的柳夏萱打直手臂抗議，我不自覺往她身上看去。束起的雙馬尾，鮮豔的橘色圍巾，包覆一截制服短裙的米色保暖大衣，外加學校背包。

和二十分鐘前沒什麼兩樣的柳夏萱站在我眼前。

說真的，她剛剛到底做了什麼？那消失的十分鐘上哪兒了？感覺問出口會招惹不必要的麻煩，還是算了。

「走吧。」

「嗯！」

簡短的信號發出，我們一起走出校門口，往平時回家反方向的路線前進，混入人群之中。

乘上擁擠的公車，隨著車身搖搖晃晃地彎過河堤，駛上橋墩，穿越淡水河，來到另一端的城市。

馬路被擠得水洩不通，路上的人們像是怕自己搶輸人一樣，爭先恐後地在車陣當中穿梭。經過約莫半小時的車程後，我們抵達了目的地。

圓山花博。

準確來說是連日舉辦的聖誕市集。相當具有外國風味的在地活動，卻又融合了臺灣夜市的特色，各攤販販售的是平時少見的美食。德式香腸、薑餅、焦糖杏仁、米蘭手工窯烤披薩，還有與我們這年紀無緣的熱紅酒。各式佳餚在這特別的節日集結起來，孕育出濃厚的歐式聖誕氣息。

我們經過捷運站入口，走向花海廣場。天色暗了下來，周圍可見許多遊客，遠方朦朧的燈光引導著大家前進的方向。

我們並肩走著，寬廣的市集入口設置了一座聖誕樹和大型水晶球燈，不少情侶逗留在這拍照留念。往後方望去則是被左右兩側的白色帳篷包圍、擁擠程度不輸剛才馬路的攤販集中區。

隔著間隙的燈飾自帳篷頂端延伸，將所有攤位連結起來，單一色調的光芒透出柔和氛圍，猶如點點白雪自天空降下。五顏六色的掛旗則像是玩耍的孩童，逗留於這陣雪花之中。

「哇……好美……」

身旁的她不自覺感嘆，抬頭仰望近在咫尺的天空。

「是啊。」

可能是受到周圍氣氛的渲染，著實是片祥和又充滿寧靜活力的美景。

我稍微瞥了一眼她那微張小口的側臉，問道：「餓了嗎？先去吃點什麼吧。」

「會有草莓口味的異國甜點嗎!?」

「……應該會有吧。」

「那還等什麼！」

她開心地獨自往前，為了避免迷失在人潮中，我趕緊跟上她的腳步。該說意外嗎？身旁的情侶遊客多的是，步調異常緩慢，不會有像是夜市那樣發生推擠的情形。他們一邊談天，一邊指著攤位分享自己發現的新奇事物。

我隨意地跟著斜前方某一對男女的視線循去，發現他們正討論著一間販賣肉桂捲的攤販。攤位布置得很有巧思，以白布和木製櫥櫃做擺設，一塊小看板立在桌上，看起來就像從櫥窗分離出來的小型西式麵包店。

往另一頭看去，帳篷下擺著一臺迷你餐車，老闆正替客人調製熱紅酒，深紅色的液體搭配切片柳橙，令飄散的白煙顯得很有異國情調。相對地隔壁攤位則是直接將玻璃罐裝的臺灣特色啤酒遞給客人，中年男子接過手後便「啵」地打開，原地就口。

強烈的反差帶來衝突感，卻也意外和諧。

遊客臉上的笑容別無二致，老闆對待客人的態度也同樣熱情親切。這是個只有笑聲與感謝縈繞的場所，所有人沉浸在這首舒適的白色搖籃曲之中，不分你我。迴盪夜空的淡淡歌聲，無形之中將彼此的距離縮到最短。

不知不覺間，我們的肩膀也碰在一塊，有意無意地分離，而又相鄰，隨著人潮輕輕擺動。

「啊，我想吃那個！」

柳夏萱指著不遠處的攤位，老闆是一個粗獷的大漢，穿著不算乾淨的白圍裙，手上握著一個大平底鍋。

看起來是炒山豬肉。恰好有一名客人接過餐點，像是小紙船的外盒裡盛滿成堆的豬肉山，就像熱炒店的炒鹹豬肉。好道地。

走近攤位，老闆熱情地與我們打招呼，確認餐點之後，便揮舞粗壯的手臂，按順序加入一些看似香料卻叫不出名字的調味料炒拌，啪滋啪滋，刺激鼻腔的濃郁香味隨即飄散而出。

「好呦！」

一聲吆喝，老闆將裝滿山豬肉的小船遞給柳夏萱，隨即又說了句「Merry Christmas」，形成一股絕妙的違和感，讓我和柳夏萱都失笑出聲。

柳夏萱迫不及待拿起木叉子，將剛炒好的豬肉插起一塊送進嘴裡，下場就是被燙得無法下嚥也無法吐掉，只能張著嘴不斷哈氣。

「妳也吃慢一點。」

「哈、哈……豪佐也失依狗！」

「蛤？」

小左也吃一個——當我理解到她的意思時，柳夏萱不管自己還燙著的嘴，插起一塊豬肉直接送進我的嘴裡。

「——哈噗！」

帶有特殊香氣的鹹味包覆舌尖，隨即感受到的是熾熱的高溫。我一邊吸著口水一邊快速換氣，她自然也是一樣，兩人就這樣在原地扭著身體，引來旁人的側目。

直到我們都順利咀嚼並吞嚥之後，我才以無言的眼神瞪著柳夏萱，她則是沒有半點悔改心意地開心笑著。

「這樣明天舌頭會很痛。」

「對～不起嘛～～」

果然毫無悔改之意，她又插起一塊山豬肉，正當我以為她是打算再犯下罪行而下意識用手遮擋時，她卻拉長自己的氣息，朝著前方輕輕呼氣。

「啊～～」

然後用另一隻手心捧著，連同叉子靠近我的嘴巴。

「……」我認分地張嘴咬下，她露出看似滿足的微笑後，不知怎地突然轉身，往前走了幾步後又回過頭來。

「再逛逛其他攤位吧？」

「嗯。」

於是我們默默地前行，依然保持著不會過於疏離也不至於太貼近的距離行走。

途中她又餵了我幾次，一反她平時直白的作風，彎曲的手腕像是有所保留，若有似無迴避的視線帶有幾分自然，我就這樣反覆伸長脖子接受她的好意。

縱使氣溫寒冷，不曉得是因為人潮的關係，抑或是因為補充了熱量的緣故，總有種體溫降不下來的感覺。

偶爾看見她那泛紅的臉蛋時，我會不禁陷入思考，這就是我這麼做的原因嗎？

昨天晚上，我在發出了那則訊息後，一度有點後悔自己是不是不該這麼做。

那意味著自己必須在今晚做出決斷。

必須回覆這名女孩的心意。稍有差池，我們的關係可能就不復以往。

或許這樣的心態不太健康，可能是我還沒有做好失去她的準備。

她讓我意識到，她已不再是我記憶中那個理所當然的存在，而是一名值得被認真看待的少女。

這樣的心情無庸置疑。與此同時，我也對抱持這種態度的自己心有存疑。

我能就這麼乾脆地接受她的感情嗎？

接受了之後，我們能就這樣幸福到永遠嗎？

因為她，給予了我重新站起來的契機，但若是有一天我連這樣的她也失去了，是不是就註定我是個沒用的人？

一蹶不振、窩囊、自怨自艾。

這是我的本質。我很清楚這件事。

從小時候開始，我就對於那些清楚自己該往何去的人發自內心地憧憬。他們基於自己的意志，用自己的雙眼判斷世界，然後得出結論並實行。與我這種依靠外力、藉由他人來設立目標而前進的人有著截然不同的差異。

是具有天壤之別的人類。

當目標毀壞，自己小心翼翼保護的自信被攻擊，甚至放著就會慢慢腐朽，決心終究會縮回殼中。面對這樣的自己，我感到無比的不堪。

此刻的我能站在這裡，也是依靠他人的力量。

我看著她那半融在朦朧燈影之中的背影，忽然察覺，她也是我所憧憬的對象。因為一直待在身邊而沒有意識到，她正是那個不斷走在我前方，無意間引領我前進的人。只有我留在了過去。

所以說，這樣子的我，真的有辦法給予眼前的女孩幸福嗎？

「小左，你又在煩惱什麼了？」

耳邊的呼喊將我拉回現實。

我聞著聲音抬頭，與她在閃爍燈影中的雙眼四目相對。

「沒事。」

「騙人。」

她用堅定的語氣回答，然後露出一抹近似哀愁的苦笑。

「小左有時候，會沉浸在自己的世界裡呢。」

「……」

「明明可以跟我說的……」

她這句話說得很小聲，但還是溜進了我的耳裡。

……說得也是，我好像從來沒有把柳夏萱當成傾訴的對象。即使有，也是在逼不得已的情況下。是因為我總是把問題堆積在心裡，認為沒人幫得了自己的緣故嗎？

實際上，我也不是能全憑自己消化的人，我沒有那麼輕巧，可以把事情看待得雲淡風輕。

——有時候，說出來會比較輕鬆哦？

不經意間，腦海閃過餐桌前的人影。

回想起她說過的那句話，讓我僵硬的雙頰不自覺放鬆下來。是啊，說出來或許沒有那麼難，這是她教會我的事。

只要開口就行了，讓心情輕鬆一點也是自己的責任。

「我是在想，妳其實滿厲害的。」

「咦？」

柳夏萱露出詫異的神情。

「那麼燙虧妳還吃得下去。」

「…………可惡！」柳夏萱噘起嘴巴抗議。「小左欺負人！我明明是在關心你……」

「抱歉抱歉。」看見她那樣子就不自覺想捉弄她……不，只是自己在不好意思吧。

我安撫了她一下，然後往移動的人潮望去，輕輕吐了口氣。

「我只是在想，自己說不定很沒用。」

「……！」

「偶爾會有這種感覺，好像自己其實沒有辦法靠自己的力量前進，總是藉助別人的力量，一旦用盡就會摔跤，跟必須替換的電池一樣。」

本來想說些什麼的柳夏萱，聽見我這些話後安靜了下來。

「立志成為插畫家，是因為別人而設立的目標，但目標不會變，我們卻會因為各種原因改變，所以最後才會放棄。」

「小左……」

「就連這次也一樣，我是因為妳才有辦法下定決心要重新提筆。如果只有我一個人，肯定連這種簡單的事情都辦不到。所以……」

「那種事情，我也是一樣的。」

「咦？」

我們的目光重新對上，只見她露出柔和的淺笑，像是在說著「沒關係」。

「我說過的吧，我是因為小左才有辦法前進的。你也是那個所謂的『別人』，但其實無所謂，沒有必要把這件事與不該這麼做劃上等號，不如說……」

她微垂眼眸，而後抬眼。

「那個『別人』能夠是小左你，我覺得很幸運。」

「……」

「我一直以來行動的理由，也不是基於自己，但我還是走到了今天。這不正代表著，我們都一樣在前進嗎？只是每個人的方式不同罷了。」

她的話語有如緩緩飄降的細雪，接觸到肌膚之後化開，溫柔地滲入身體各處的細胞，從心窩到腹部都暖和了起來。

「所以說，小左，你絕不是沒用的人。如果你不相信自己，那就相信我吧！一直看著你的我，是最清楚的。」

「萓……」

「所以就別胡思亂想了。今晚可是平安夜喔，讓我們好好享受吧。」

她露出了至今最耀眼的笑容，讓我回想起最初之所以邀約她的真正用意。

我要守護這名女孩的笑容。

遵守對自己的諾言。就算會失去，就算摔倒流血，就算骨頭都粉碎，我也要好好守護住這項應該守護的事物。

沒有關係吧。即便是這樣的我……即便是屢次被別人拯救的我，也能再次藉由別人的雙手，靠自己的雙腳去追尋幸福。

只要有她在，我就不會是孤獨一人。依賴看似脆弱，但不是懦弱，認為一個人可以辦到任何事，才是偽裝的堅強。

後腦杓深處感覺麻麻的，彷彿有股力量在牽引。

我緩緩抬起手來，朝她的指尖伸去——

這樣子，就會有某片未來相連了吧。依憑我自身的意志，去創造屬於自己的未來。

就在我們的指尖相離不到一公分時——

某道人影竄過眼角。

我一瞬間懷疑是不是自己看到了幻覺，可是那熟悉的身影鮮明地映在眼底。大腦告訴身體沒有認錯。

「……為什麼？」

「咦？小左你說什麼？」

我朝著剛才幻影消失的方向探尋，視線迷失在人流與燈影中。

「小左？」疑惑的她也跟著轉頭張望，過沒多久轉了回來。「是認識的人嗎？」

「嗯……」我點了頭。

「剛才……我好像看到何又雲了。」

「咦？」她眨了眨眼，隨即意識到什麼，朝我問道：「這麼說，小紫也在囉？」

「不，只看到他一個。」

我暗忖著。明明那傢伙說今晚打算到信義區一帶活動，為什麼會出現在這？從學校出發，基本上算是完全相反的方向。

是臨時更改了行程嗎？還是……不，說起來問題不是這個。

總覺得時機也太剛好了。

一股違和感在心中醞釀，驅動自己的腳步。

就在我即將跨開步伐時，理性使我僵直自己的身體。

……事到如今，這件事已經與我無關了。那是屬於別人的平安夜，我沒資格去干涉。應該關切的對象就在身邊。

我回過身去，搔了搔頭對柳夏萱說：「抱歉，應該是我看錯了，大概只是長得像的人。」

走吧，我這麼說之後，朝人影消失的反方向前進，走過柳夏萱身邊。此時，手腕傳來一股力道。

「小左。」回過頭，柳夏萱僅是注視我的雙眼，說了句：「我們趕快追上去吧。」

「咦，什麼……」

話還沒說完，柳夏萱便抓住我的手跑了起來。

「說不定沒看錯。我也有話想要對小紫說！」

「也……？不，等等，所以說我沒……」

話語消散在人潮的縫隙中，被分不清是誰的談笑聲帶走。我們就這樣朝著市集入口奔馳，追尋著人影。

穿過白色的攤位，彩旗在頭頂遠去，我們逐漸遠離熱鬧與光芒，來到入口的聖誕樹旁。

「……啊，在那裡！」

循著柳夏萱手指的方向，確實看到熟悉的背影出現在不遠處廣場，他仍然持續前進，穿梭在人流之中。

「對不起，借過一下！」

如同在暴風雪中馳騁的雪橇，我們逆流奔跑，擦過人們的肩膀，不管碎念與抱怨，不顧一切衝向目標。

「何又雲，等一下～！」「喂……」

柳夏萱大聲呼喊，嘗試引起他的注意，不過聲音似乎無法傳達，只能持續跑著。

最後，我們來到位於捷運站入口旁的人行道。

這裡很寬廣，不斷有遊客從捷運站入口湧出，分散焦點。一旁三叉路口的行車與穿越馬路的行人交織，方向燈魯莽地撕裂人潮。

「哈……哈……」我們兩人喘著粗氣，四處張望。

總覺得怎麼追都追不上，要不是被柳夏萱拖著跑，我肯定早就放棄了。說起來，為什麼那小子走得那麼快，簡直就和用飛的一樣，他是火箭嗎……

在心裡咒罵的同時，不遠處刺耳的汽車喇叭聲轉移我的注意力，讓我朝那陣車潮望去。

三叉路口前方是一條僅能容納兩輛車並排的單向道，由於路邊時常有車輛停靠，實際上的動線並不是很通順。或許恰逢節日的關係，駕駛比平時還要沒耐心，因為看不到路口的車況，只會瘋狂按著喇叭。

吵雜的交談聲，難以平靜的金屬震動聲，刺眼的車頭燈，額際的黏膩感。全身感官正遭受大量信息的侵擾。

此時我的身體搖晃了一下，腦海被不明的模糊影像撼動，一股既視感襲向眼窩深處。

……我對這裡有印象。當然，這不是我第一次造訪這裡，既視感出現的緣由理所當然。只不過即便場景相同，根據情境有所變化，也可能會產生完全不同的印象。

就像從成束的絲線中挑起一根最為熟悉的，周圍物件的訊息在此刻與記憶中某個畫面的相似度達到最大值。

可是我想不起來究竟是哪個畫面。好像被一層厚重的黑紗蓋住，使我看不清全貌，而後那一閃而過的既視感隨著深入思考迅速消退。

又是曾經做過的夢嗎……正當我這麼想時，身邊的少女喊道：「找到了！」並指向馬路對面。

騎樓的陰影下，俊俏的面龐顯露在微弱光芒中。何又雲聽到叫喊，側過身來望向我們這裡，面露微笑，彷彿早就知道我們會叫喚他一樣。

「……？」

就在我感覺到哪裡不對勁時，柳夏萱踏向柏油路，想要穿越馬路。

下一瞬間，方才被堵在車陣後方的汽車竄了出來，疑似想要超車而沒有注意到死角，強烈的白光打亮柳夏萱的側臉。

「——」

全身的神經異動。

在極度刺耳的煞車聲中，我以不可置信的速度衝向前方——彷彿身體早就有所準備一樣，在千鈞一髮之際推開柳夏萱，自己則狠狠摔到凸起的人行道邊緣。

嘰——砰轟!!

那輛汽車高速打滑撞上一旁的電線杆，發出金屬凹折的恐怖巨響，嚇得一旁路人驚叫出聲。不曉得有沒有撞到其他人。

不過我完全沒有餘裕去在意這些事。甚至連手肘與大腿的疼痛都感知不到，只有劇烈耳鳴環繞著我的世界。

頭痛欲裂。

胸口像是塌陷一般被緊緊壓住，只有心臟被懸吊起來，發出不成聲的嘶喊。

視線無法穩定，天旋地轉，搞不清楚是身體還是意識在搖晃。與此同時，近似洪流的大量片段湧進腦海，令我的大腦不堪負荷。

……不，那不是單純的片段，而是記憶。

嗡嗡鳴叫的噪音之中，我認知到了既視感的真相。

「——」

下意識喚出那個人的名字。

如經過爆破而迸散的彩帶，在空中緩慢落下、沉澱，將畫面染成鮮紅，眼前的景象逐漸清晰——

想起來了。

全部想起來了。

想起為什麼我會叫出這個名字。這個無比熟悉，卻被我遺忘的名字。

「泱……」

我抬起頭來，望向柳夏萱，發現淚水早已沾溼她的臉龐。

看見她睜大雙眼，嘴脣發白顫抖、彷彿向什麼求助的模樣，我回想起了去年同一天的這個夜晚，以及我們三人的過去——

第五章　初識

八年前，暑假，某個盛夏的午後。

蟬聲唧唧叫著，留有一頭亞麻色短髮的男孩，在公園邂逅了一名海棠紅短髮的女孩。

說邂逅也不準確，畢竟邂逅給人一種命中註定的印象。名為左離鳴的小男孩在當時並沒有那種概念，單純的心靈也沒有多想，他只是很好奇一件事而停下腳步。

——為什麼那個女生在哭？

映在他眼中的，是個全身蜷縮在鞦韆上、雙手抱膝的女孩的身影。雖然她小小的頭埋在膝蓋，長度大約留到脖頸的紅色秀髮遮住了她的側臉，但從她全身發抖的模樣看來，那女孩肯定在哭。

男孩沒有多想，快步向前走去，來到陽光灑落的邊緣，望向躲在樹蔭下的身影。

隱約傳來的啜泣聲更加印證這個猜測。

「妳怎麼了？」

女孩一邊抬起頭，一邊用淚眼汪汪的大眼看向男孩。

「……！」

不曉得是不是自己的錯覺，總覺得女孩似乎瑟縮了一下，如反射性的動作，被淚水沾花的臉蛋又更皺了一些。她像是在警戒什麼左右張望，接著立刻將頭埋回膝蓋，繼續抽泣。

看著嬌小的肩膀顫抖，小左離鳴四處張望，不見有哪家的野狗跑出來撒野，也不見什麼值得注意或可怕的人。

真要說的話，現在可是炎炎夏日的午後，就算是活力充沛的小孩，也不會想不開在這種時候外出。自己是因為父母臨時出門，才會像為了探險跑到離家幾百公尺外的便利商店買飲料，否則不會路過這座公園。

既然如此，為什麼她會在這裡呢？

小左離鳴沒有因為天氣炎熱而轉身離開，這反而勾起他的好奇心，像是要打探什麼奇異生物般仔細地觀察著面前的女孩。

他注意到了，女孩的手指上似乎沾有泥沙，被緊緊抓住的袖口和腳底也都染上褐色的髒汙。

他立刻聯想到了。他轉頭望向公園唯一一處的小沙坑，因為自己也很喜歡在裡頭玩耍，所以他很快就判斷出女孩身上沙子的源頭。

長寬不到三公尺、邊緣外圍散落著大片沙痕的沙坑裡，佇立一座辨認不出形狀的小丘，上半部像是被什麼外力給摧毀，有著不平整的斷面。從底部的樣貌推測，應該是一座沙堆的城堡。

「妳剛剛在那邊玩嗎？」

小左離鳴手一指，女孩雙肩一抖，微微抬起視線。哭紅的眼眶還噙著一滴淚珠。

「……嗯。」

女孩唯唯諾諾地答道，頭依舊低垂著，手也緊緊抓著衣袖。

「怎麼不玩了？」

像是觸發了什麼，她瞬間又抖了一下，雖然慢慢放鬆回來，姿勢並沒有改變。

小左離鳴歪著頭，面露不解。俗話說女人心海底針，此時年僅九歲的他根本不懂這個道理，想必一輩子也不會懂。

即便如此，他仍看得出來眼前女孩並非不願意開口，更像是因為什麼而開不了口。

是天氣太熱，口渴了所以說不出話來嗎？天真的他如此想道，不加思索將手上未拆封的飲料遞了出去。

「喏，這個給妳喝。」

聞著聲音抬頭，女孩疑惑地眨眼，看了看這名說要送她飲料的陌生男孩，低頭審視眼前的粉白色鋁箔包，如此來回五趟之多。

她緩緩伸出髒兮兮的手指，指著自己。

「嗯，送給妳的。」

晶瑩的水珠從鋁箔包邊緣流下，因悶熱的天氣而冒出的汗珠也不斷沿著小左離鳴的臉頰滑落，滴到因陽光而晒得高溫的千歲綠地墊上。

他的瀏海被濡溼，口也很渴，儘管如此手還是舉著，靜靜等待她拿走手上的鋁箔包。

女孩見狀，終於有了反應。她輕輕搖了搖頭。

「你喝就好……」

「什麼，妳會說話嘛！」

「……！」

被突然拉開的嗓音嚇到，小女孩險些從鞦韆上掉下去倒頭栽。為了維持平衡，她將雙腳平放地面，穩住身體之後，抬頭望向男孩。

雖然不知道眼前這個人為什麼突然大叫，還說著原來自己會講話這種奇怪的話，不過她已經停止發抖。

並不是因為施捨飲料這個行為讓她有了這樣的反應。

而是他此時臉上綻放的笑容。

那是不帶惡意的純粹笑容。與剛才那個一邊嘻笑一邊踢掉自己好不容易堆起的沙堡的男孩子完全不同。

小女孩原先暗自心想剛剛那名男孩回來找碴了，所以才會被聲音給嚇到。不過很顯然地，找碴的人不會送飲料給自己。

明明都避開了人多的時段來公園，只是想好好玩個沙，卻還是遇上這種事，讓她既無奈又害怕，只好縮在鞦韆上。

小左離鳴趁勢將飲料塞到她空出來的手裡。

「我媽媽說心情不好的話，吃甜的就沒事了！」

「……咦？」

因為幾乎不曾收下別人的禮物，尤其是素未謀面的陌生人，她對眼前的局面感到有些驚慌失措。

「嗯？還是說妳不喜歡草莓？」

「草莓……」

她低頭看著自己手上的鋁箔包，才發現原來是一罐鋁箔包裝的草莓奶茶。

她眨了眨圓潤的雙眼，感到有些不可思議。就她所知，身邊的男孩子並不會喝這種飲料。

原因很簡單，因為包裝是粉紅色的。在那個年紀，粉紅色往往被視作女孩子的象徵，因此普遍不受男生的喜愛，不如說有意排斥。

然而，眼前這個男孩子卻毫不避諱，甚至還將它送給自己，加上突然的搭話行為以及露出的無邪笑容，讓她完全無從反應。

和受到欺負而不知所措不同，這是她第一次遇到這種情況。

「不說話是討厭嗎？」

盯著不為所動，不如說更像是在發呆的紅髮女孩，小左離鳴再次確認。

「咦？呃、嗯嗯……！」

她搖頭表示否定，未及肩的髮尾輕輕擺動。雖然與性別無關，她並不討厭草莓。不如說，現在的她還不知道，自己日後對草莓瘋狂的熱愛，就是以此為契機展開的。

「這樣啊，那就送給妳吧！」

男孩滿意地咧嘴，女孩則是低著頭，露出欲言又止的模樣。

謝謝。

她想說出這兩個字。

如果有人幫助自己就要說謝謝，這是媽媽從小的教誨。雖然有過幾次的經驗——多數對象是師長及父母，但這是她第一次收到陌生異性的禮物。

禮貌是家規。就在她下定決心，準備起身道謝時，耳畔忽地傳來一陣轟隆巨響——

「啊。」

眼前男孩摸向聲音的來源——自己的肚子。

「該回家吃飯了。」

說完這句話，很快地，沒等到女孩反應，男孩便逕自向女孩揮手道別，一溜煙地跑離公園，迅速消失眼前。

該說是率性妄為嗎？這個年紀的男孩子想到什麼做什麼，一點也不會顧慮周遭，自然察覺不到眼前女孩的心意。

結果最後，不只道謝沒說出口，連對方是誰都不曉得。

但是，手指沙粒的觸感、炎熱的天氣、溼黏的汗水、流過喉嚨的沁涼與甘甜，和那名初次見面的男孩子的笑容。

都在名為柳夏萱的小女孩心裡，留下難以忘懷的回憶。

他們第二次見面，是在暑假過後，升上小學三年級的班上。

小柳夏萱一眼就認出了小左離鳴。

她原先以為露出那樣笑容的他，會是個活潑的男孩子，屬於人緣很好的班級核心人物。不過令她有點意外的是，他比想像中還要沉穩。

雖然笑容時常掛在臉上，也善於交際，不過並不會強出頭，給人一種低調、內斂的印象。當有人和他搭話，他會適度地給予回應，率性地將內心所想說出口；被老師點名時也不吝於表達自己的意見，作業準時交，成績也保持得不錯。

簡而言之，他在各方面都應對得宜。這讓小柳夏萱內心不自覺升起一絲羨慕的情感。

話雖如此，有個地方令她很在意。

雖然平時健談，但小左離鳴時而會在座位上觀望嬉鬧的同學，露出像是從車窗外看風景的眼神，一臉心不在焉；或是在獨處的時刻，安靜到像是換了一個人似的，托著腮望向天空，卻好像在眺望更遠的地方。

她不知道他在想什麼，也正因如此無法移開目光。

害羞怕生的她沒有主動上前搭話。她發現對方似乎不認得自己，失落的情緒也是造成她不敢靠近的主因，總是在角落默默觀察。

這是她一直以來的習性，因不擅言辭，也害怕和不認識的人互動，所以往往靜靜瀏覽周遭的一切，觀察誰話多、誰話少，誰擅於照顧人、誰會欺負人，利用蒐集的資料建立保護自己的數據庫。

同一時間，小柳夏萱也發現了另一名吸引她注意的人物。

那是個總是自己一人待著的女生。並非如小左離鳴偶爾將自己置身事外的印象，而是實質意義上的「獨自一人」。

那名女孩之所以引起她的注意，原因與小左離鳴完全不同。如果說他是冬日裡和煦的陽光，時而給人溫暖的感受，那名總是自己獨處的女孩，則是與之相反的冰冷及尖銳。

好比一座冰山。

她留有一頭烏亮的紫色秀髮，越過肩膀直抵腰部，每當小柳夏萱從教室後方望向她的背影，就覺得好像在觀賞一道傾瀉而下的紫色花瀑，柔順而惹眼，靜謐卻不可親人。

而她的名字彷彿是為此而生，有著與其相襯的氣質。

紫泱。

當年的紫泱，給人一種生硬、冷漠的印象，而這不僅僅是外表造成的結果。

小柳夏萱清楚記得某幾次聽到的對話。

某天的美勞課，老師讓班上同學以一組三人為單位，尋找共同勞作的夥伴。當時有兩名湊不齊成員的女同學，發現落單的紫泱後主動上前。

「紫泱~你要不要跟我們一組？」

座位上的小紫泱聞言抬起頭，面無表情地回應：

「不需要。」

「咦？可是老師說……」

「不需要就是不需要。」

兩名女同學面面相覷。

「比起三個人，一個人做更快。」

小紫泱理所當然般地回答，隨即拿起鉛筆來，逕自在老師發放的白紙上畫起草稿。

發問的女同學有些不知所措，陪同的女同學則不太高興，音量略微提高：「可是老師說要三人一組。」

「一個人也行吧？」

「妳很奇怪耶。」

「哪裡奇怪？」

「老師就說要三個人一組啊！」

「……浪費時間。」

「蛤……？」

「明明一個人做就可以的事情，為什麼要三個人？」

「唔……！」女同學面紅耳赤，想要回嘴又不知道說些什麼好，最後只得轉身求救。「老師，妳看紫泱——」

還有一次，是在體育課的時候。

當時的課程主題是乒乓球，老師要同學們拿著球拍向上擊球，以連續打十顆不落地為目標，培養擊球手感。

叩、叩、叩——清脆聲響此起彼落，厚實的球拍擊中空心的乒乓球發出悅耳的響擊，猶如沐浴在夏日大雨的屋簷下，不過更多的是掉落至地板的咚咚聲響，以及失敗的哀號。

許多人是第一次接觸桌球，小柳夏萱和左離鳴也不例外，大家各自手忙腳亂地試圖完成挑戰。

那之中，唯有一人屹立不搖，以輕鬆的姿態應對。從她的身上，不曾發出乒乓球落地的聲響。

「欸欸，你看。」「她打幾顆了？」「哇，好厲害……」

全場的焦點隨著某些同學的低語呢喃，逐漸轉移至人群中的一名同學身上。

小紫泱已經連續擊打五十顆沒有落地。更驚人的是，她的腳幾乎不曾挪動半步，手以固定的頻率上下擺動。維持相同的動作對她來說就像呼吸一樣容易。

然而，小學三年級的專注力和體力終究有限，大概是手痠了，球落地的聲響宣告小紫泱第一次的失敗。她共打了將近一百下。

這番偉績使許多人紛紛投以稱羨的目光，也引起男孩子好勝和比較的本能。一名理著平頭的男生靠了過去，直言不諱地問道：

「妳好厲害……怎麼做到的，教我！」

這是一名相當坦率且具上進心的男同學，假如是其他男孩子，大概會連問都不問就直接回頭練習，一心想擊出超越小紫泱的成績，並在最後球落地的瞬間大聲宣告自己的擊球數，假裝不在意其他人視線，實則心樂不可支。

直白地爭風吃醋可謂這階段孩童的特權，因此這樣的直率實屬難能可貴。

然而，紫泱卻只是轉過頭來，淡然地潑了一桶冷水。

「這很簡單吧，要教什麼？」

「──！」男孩一聽，整張臉皺了起來，隨後豎起眉毛。

「妳、妳了不起喔！」

紫泱聞言，微微歪了頭，依然面無表情。

「我沒有……」

「我一下就超越妳了啦，自大狂！」

平頭男孩說完忿忿而去，這一幕鮮明地映在全班同學的眼裡。

小柳夏萱至今還記得，小紫泱愣在原地足足五秒鐘，面對班上同學交頭接耳的模樣。

從這之後，班上願意找小紫泱說話的人愈來愈少。無語的冷暴力。儘管小紫泱的成績優異，做任何事都手到擒來，卻逐漸遭到眾人排擠，不管做什麼都只有一人。

年僅九歲的他們還不懂得理解語言，不知該如何解析話語背後的涵義，只能從表面上感受到的情緒進行理解，進而做出反應。

在這看重同儕合作的求學階段，異類會被視為眼中釘，要不是被徹底忽視，就是遭受池魚之殃。拒絕同學的分組邀請、直白的答覆、看似激將的反問，種種舉止都讓大家對於紫泱不存好感，認為她就是如同男孩所說的「自大狂」。

這之中，唯有小柳夏萱察覺異樣。

她無法具體剖析，或是用明確的言詞來表達感受，但她明白一件事。

——自己並不討厭她。

一直位於群體角落的她，不斷觀察別人的她，早已下意識將自己化為純粹觀測的角色。正因沒有置身其中，不需要參與做出反應，所以她看得比任何人都要清澈，也更加客觀。

這樣的特質與經歷，讓她沒有像其他人一樣被氣氛牽著鼻子走，隨波逐流，以有色眼光看待她。

還有一個更重要的原因。

小柳夏萱從這位名叫紫泱的女孩身上，感受不到一絲一毫的惡意。

也許原因在於，她感受到對方所說的每一句話，都是發自內心且正確的。

認為分組是浪費時間，只是因為她沒有意會到師長要求分組的用意，在於學習合作與分工。

「一個人做更快」也只是傾訴事實，她並沒有瞧不起他人或自以為是，只是純粹從效率的角度出發而得出結論。

看似不願意教導的反問，更是她發自內心的疑惑。天資聰穎的她，並不理解連續擊球這件事有何困難，自然以理所當然的態度回應。

無法理解，自然遭到曲解。

或許就連在場師長都難以解讀紫泱真正的心理，遑論是同齡的孩子們，誰也無法阻止他們霸道的非議。

而小柳夏萱也發現到，除了自己還有一個反應不太一樣的人。

她看見，小左離嗚在這些事件發生後，偶爾會在沒人注意的當下，偷偷望著小紫泱。

時間就這樣過去了一個月。

沒有任何朋友的小紫泱，憑藉一己之力順利度過所有課業難關；不起眼又膽怯的小柳夏萱，慢慢在班上找到舒適的位置；適應團體的小左離嗚，過著安然的校園生活。

普通且平凡的日子，一名男孩和兩名女孩，待在同一個班上，卻過著沒有交集的生活。

倘若就這樣一直下去，三人終會迎來分班和畢業，然後往各自的人生飛去吧。不過，緣分之所以奇妙，正在於長久相處於同個場所的人們未必會產生連結，素不謀面的陌生人卻可能因為一場際遇而建立深厚羈絆。正因為猜不準、摸不透，才會被人們戲稱為命運。

但可能也不單單是命運。默默關注著他和她的她，獨自一人的她，對她感到在意的他，曾經相遇卻忘了她的他。

看似毫無瓜葛，卻又強烈地拉攏彼此，默默流動在三人間無可名狀的吸引力，凝聚出某種推動齒輪的力量。

事情發生在寒假前夕，某一次的打掃時間。

小柳夏萱在學期最後一次的打掃工作被分配到外掃區，負責清掃舊校舍一樓空地的落葉。空地上鋪滿著紅綠相間的地磚，因為歷經日晒雨淋而褪去原先色彩，周遭稀疏排列著幾棵不知道有沒有人照顧的菩提樹。

雖然舊校舍距離新校舍有些距離，但因為區域不大，當初只分配小柳夏萱與另一名女同學打掃，然而今天那名女同學請了病假，小柳夏萱只好一人拿著竹編的掃把前往清理。

打掃時間共二十分鐘，平時由於兩人分工，清掃大約十分鐘就可以結束，再將落葉與垃圾袋拿回班上，通常還會剩下五分鐘的自由時間。在這所剩無幾的空檔，小柳夏萱喜歡到合作社買飲料，慢慢散步在因打掃而無人注意的校園內，一邊啜飲草莓奶茶，度過屬於她的悠閒時光。

只可惜今天大概無緣享受了。

小柳夏萱鼓足幹勁，奮力揮動纖細的手臂，用比平常稍快的動作清掃落葉，怕耽擱到上課。

唰、唰、唰、唰——

竹編的掃把與石磚奏出令人舒適的聲響，小柳夏萱不自覺沉浸在這規律的節奏之下，於微微吹拂的寒風中，勤奮做著勞動。

看著散亂的枯黃樹葉逐漸堆成整齊的小丘，心裡好似也堆起了淡淡的成就感。十分鐘後，清掃作業大功告成。小柳夏萱很訝異，自己可以做到和兩個人一樣的速度。原來只要比平常再認真一點就行。

她拿起畚箕，準備要將成堆的落葉掃進垃圾袋時，不遠處的轉角忽然傳來聲音——

「快點快點，剛好沒人！」

伴隨急促的腳步，兩個男孩子說話的聲音逐漸靠近，似乎伴有籃球碰地的聲響。

「……真的不會被罵嗎？」

「不會啦，一下子而已。」

「可是……」

「嘖，打掃時間那麼長，根本沒差。」

「但是……」

「吼！你很囉嗦耶，不會有人知道啦！」

發號施令且講話大聲的大概是同一人，聲音略顯渾厚。另一個語帶猶疑的貧弱聲音主人，大概是他的同學吧。

距離小柳夏萱所在的位置不遠處，有一座籃球場。那座球場位置偏僻，由於校舍新蓋的緣故使用率也跟著降低，所以只有少數學生會靠近。

說也奇怪，小柳夏萱並沒有印象自己曾在打掃時間看過有人來這裡。

腳步聲與籃球撞擊聲愈發接近，下一秒，兩道身影映入眼簾。果不其然，是兩名男孩子。

一名講得好聽是壯碩、難聽是贅肉，身高約莫一百六十公分的男孩身穿髒兮兮的運動服，正一邊運球往籃球場跑去。跟在他後頭的是一名瘦小得有些乾癟的男孩，則是邊跑邊東張西望，露出擔憂的神色。

從身材及表情來看，運球的男生就是講話大聲的那個，而後面瘦小的男生應該是跟班吧。

拜瘦小男孩所賜，小柳夏萱的存在曝光了。

當四處張望的目光掃到位於十公尺外的小柳夏萱時，瘦小男孩「啊——」一聲停下腳步，引起另一人的注意。

小柳夏萱手握掃把愣在原地，沒有反應。話語聲率先從對面傳了過來。

「王齊，怎麼辦，有人……」

名為王齊的高大男孩啐了一聲，皺起眉頭。

「怎麼會有人？」

他的語氣略帶不悅。

「你、你不是說你來好幾次了嗎，怎麼會有人……如果被打小報告怎麼……」

「吵死了！」高大男孩大聲喝斥，瘦小男孩縮了一下身體。「不過是個瘦皮猴，我去給她下下馬威。」

話語清晰地傳入小柳夏萱耳裡，鏗鏘有力又肥厚的嗓音把她嚇得半死。

「阿累，接著。」

王齊把籃球丟給名叫阿累的男孩，逕自往前走去。小柳夏萱一動也不敢動，內心緊張萬分，不知道該怎麼辦。

噠、噠、噠——

隨著王齊的身影漸近，小柳夏萱的腦海忽然閃現某個畫面，使她雙眼睜大，渾身發起抖來。

王齊雖然好奇為何對方動也不動，不過不作他想，持續縮短距離。最後他停在這名留著一頭海棠紅短髮的女孩面前，以凶狠的姿態俯視著她，歪了歪頭。

接著，他像是想起什麼，張開嘴、伸出手指。

「啊，妳是那時候的——」

面對比著自己的手指，小柳夏萱身體一縮、緊抿嘴脣，憶起去年夏天的暑假，她曾經見過這個人。

當時踢倒她沙堡的男生。

回憶中豔陽下模糊的黑影，與此時此刻眼前的肥胖身軀重疊在一起。

「什麼嘛，原來妳跟我同校啊，真巧！」

說著這種像是久別重逢的話，王齊的臉上卻露出不像是感到歡欣的表情，逗弄著眉頭，一副不懷好意。

阿累捧著籃球跟了上來。「王齊，你認識她？」

「啊，對啊，我之前在公園跟她一起玩過。」

「咦，真的嗎？那就好。」阿累鬆了一口氣。

王齊不安好意地笑著，這讓小柳夏萱的腦海陷入一片空白，同時止不住顫抖。

那才不是玩。

那一天，小柳夏萱為了避開人潮，趁著中午沒有人的時候，頂著大太陽獨自堆沙堡。

雖然天氣炎熱，不過可以自由運用這座沙坑，她一點都不在意。比起一群人搶占這狹小的空間，她更喜歡自己一人自在地待著。

沒料到，一道黑影忽然罩住了她和堆起的褐色城堡。原以為是雲朵遮住了天空，抬起頭，只見一名陌生且高大的男生雙手扠腰，俯視著她。

「欸，一起玩吧。」

小柳夏萱愣愣望著說話的男孩，正在思索該如何回覆，但沒等到話說出口，名為王齊的男孩便蹲下來，審視著眼前這座沙堡。

「啊，這邊不行啦！醜死了，應該要這樣才對。」

說完，他肥胖的手臂一掃，逕自將小柳夏萱辛苦堆了二十分鐘的壁塔給摧毀。

「這裡也不對啊，應該要做成城門吧。」

接著再把她辛苦定型的尖錐塔頂也打散。原本小柳夏萱想在上面插一支樹枝當作旗幟。

事情發生得很快，王齊沒有詢問眼前女孩的意見，陸陸續續又將沙堡的部分面貌改變——不如說是摧毀，擅自抓起沙子，用粗魯的動作覆蓋在原本的沙堆上，又揉又捏，弄得歪七扭八。

「妳在幹麼？來幫忙啊。」

面對像是命令的呼喊，小柳夏萱一驚，手舉在半空中遲疑了一陣子，最後決定將重建的工作交給王齊，自己負責修整平面，因為他做的塔頂實在沒個樣子，至少讓表面平順一點比較好看。

沒料到，她的舉動觸怒了王齊。

「喂喂，妳幹麼亂動我做的啊？嫌我做得不好看是不是！」

小柳夏萱慌了，她沒有這個意思，她只是照著他的指令做。她猛地搖搖頭，王齊卻站了起來，嗔怒道：

「說要一起玩又不講話，動作慢吞吞，還嫌我做得難看？跟妳玩無聊死了！」

留著滿身汗的他口沫橫飛，盯著和蹲下的小柳夏萱等高的沙堡，側過身去，抬起膝蓋。

「反正原本就沒多好看，浪費時間。像這種醜八怪的東西啊——就應該這樣！」

啪唰——！

沙塵四起，沙子飛進了小柳夏萱的眼睛，讓她不得不閉起眼來，刺痛的感覺扎得她難受。

雖然看不見，但她明白發生了什麼事。這個人擅自介入，一瞬間就摧毀掉自己努力將近一小時的心血。

「熱死了，回家了。」

等到小柳夏萱睜開眼時，王齊的身影已經不在了，只留下半毀的沙堡，以及飛濺出沙坑外的散沙。

不知道是不是因為刺痛的關係，眼眶的淚水不斷打轉，流個不停。

「喂喂，不跟同校的打個招呼嗎？」

熟悉又討厭的嗓音將小柳夏萱從回憶中拉了出來。

「跟那時候一樣沒禮貌。」王齊四處張望，發現了小柳夏萱是來這裡打掃，緊接著眉頭一擠，訕笑道：「欸～妳又在自己一個人玩啊，上次堆沙子，這次堆的是葉子嗎？」

小柳夏萱低著頭，不敢回應。她不知道該怎麼辦。

這次的情形和上次一樣，明明不認識對方，對方卻擅自靠近自己。為什麼？

「幸好你遇到我，我就再陪妳玩一次吧！」王齊轉過頭去，對著阿累笑著說：「欸，阿累，你也一起來玩。」

「咦？但不是要打籃球……」

「那個等等，這邊比較好玩。」

「喔、喔……」阿累不明所以，先跟著附和再說。

「那就……準備——」

王齊抬起腿來，盯著小柳夏萱面前的落葉堆，緊接著——

啪唰——！

與那天相似的聲音再度響起。不適的反胃感像要吞噬自己，小柳夏萱向後跌坐在地，屁股一陣疼痛。

落葉紛飛，原本完好的形狀再次遭到無理的破壞。

「欸……？」

一旁的阿累也愣住了。

「快來一起啊。」王齊一邊笑著，一邊往另一座落葉小丘走去。

啪唰——！

第二座小丘遭殃。王齊轉過頭來，用惡狠狠的眼神發令：「喂，阿累，再不過來，我就跟老師講你上次亂塞垃圾在班長的抽屜！」

阿累先是一怔，那根本就不是他的本意。他是被威脅那麼做的。話雖如此，面對氣場凌厲的王齊，阿累手無縛雞之力，只好挪動遲緩的腳步來到第三座落葉堆前。

「這次用籃球砸吧，看跟用踢的哪個飛比較高！」

「喔、喔……」

阿累雙手將籃球高舉，瞄準底下的小丘，奮力一砸——

「——喂!!」

這一次，擊飛的落葉沒有發出完整的聲響。不如說，是在相當接近的時間被另一道更加宏亮的聲音掩蓋，以致無法察覺。

三人同時往聲音來源望去。

留著亞麻色短髮的男孩，手拿著掃把和畚箕站在那裡。

「你們在幹什麼！」

「啊……」

小柳夏萱不自覺發出低吟。與此同時，眼淚開始在眼眶打轉。

小左離鳴三步併作兩步，來到小柳夏萱和另外兩名不認識的男生中間，以手遮擋，彎下身子，露出像是保護什麼的姿態。

由於搭檔請假，提早完成打掃工作的小左離鳴被老師吩咐來幫忙小柳夏萱，卻撞見她倒在地上的場面。

從現場狀況一瞬間就能推斷，她被人欺負了。

面對忿忿不平出現的路人，王齊不屑地皺眉，抬了一下下巴。

「你誰啊？」

「你們為什麼要欺負她？」

「哈啊……？關你什麼事？」

「欺負別人是不對的。」

「所以說關你什麼事，你誰啊？」

王齊不耐煩地步步逼近，來到小左離鳴身前。

毫無進展且鬼打牆的對話，小左離鳴清楚眼前這個人是不講理的類型，而且他注意到了，柳夏萱在哭。於是他放棄詢問，轉以直接的口吻：

「道歉。」

「啊？」

「我說道歉，跟柳夏萱道歉！」

「柳夏……？啊，你說她啊。才不要，為什麼？」

「你把她辛苦掃的落葉弄亂，還把她惹哭了。」

「我只是在跟她玩而已，她自己要哭的，跟我有什麼關係？」

王齊說得理所當然，小左離鳴轉過頭去確認。

「……妳認識他嗎？」

小柳夏萱被眼前爭吵的情景嚇到，望著小左離鳴，想說不認識。王齊的聲音打斷了她。

「當然認識，我去年暑假就見過她了。」

「……暑假？」

小左離鳴看向王齊，又看向小柳夏萱，忽然有種熟悉的既視感。

「我們可是在公園一起玩過沙子，對不對？」

眾人一同望向小柳夏萱，只見她嘴唇緊抿，瑟瑟發抖，眼珠不斷在眼眶裡打轉。

在哪看過的表情、垂掛的淚水、一頭乖巧的紅色短髮。小左離鳴靜靜盯著眼前女孩的臉，沉默了幾秒鐘。

「啊……！妳該不會是那時候鞦韆上的女生吧？」

他終於想起來了。

聽聞男孩這麼說，小柳夏萱頓時睜大圓潤的雙眸，感覺心裡某處被柔軟地攤開。

她緩緩點頭。

「咦，真的假的，不會吧……我居然沒認出來……」

小左離鳴十分意外，不禁驚呼。

由於躲在樹蔭下又低著頭的緣故，他還以為當時的女孩子髮色是棕色，所以根本沒聯想到。

不過由上而下俯視的視角，同樣落至脖頸的頭髮長度，以及哭泣的雙頰，讓他終於回想起去年暑假的短暫相遇。

怪不得他總覺得在哪見過她。

與此同時，另一道記憶湧現腦海。他轉過頭去，與王齊略帶不屑的視線四目相對。

「這麼說來，我好像也看過你……」

「啊？」王齊沒印象有這回事。

「那時候我去便利商店買飲料，看到你從裡面出來，手上拿著一瓶運動飲料，而且……」

小左離鳴雙眼微微一瞇，拉出模糊記憶中的線索。

「──你手握瓶身的地方髒兮兮的。」

他轉過頭去，想要印證自己的猜測，對仍坐倒在地的女孩問道：

「柳夏萱，他是不是就是那個時候，把妳沙堡弄壞的人？」

他回想起當時沙坑外飛濺的沙痕，沙丘的斷面很不自然。當時他沒有過問，以為是女孩子自己弄的，但現在想想，或許不是這麼回事。

小柳夏萱一聽，眼淚又不自覺奪眶而出，淚水沾溼俏麗的臉蛋，隨著她點頭的動作加速滴落。

「……這樣啊。」

小左離鳴的內心頓時燃起一股惱火。他能夠想像那一天，以及現在正在發生的事，小柳夏萱內心吞下了多少委屈。

最重要的是，眼前這個肥碩高大的男生有多惡劣。

「道歉。」

他再說了一次。

「哈啊？」這番言詞，讓王齊終於不爽起來。「就說了關我屁事，是她自己哭的！」

「還狡辯。如果你不道歉，我就跟老師告狀！」

小左離鳴拉開嗓門，踏穩腳步。雖然身材上沒有任何優勢，但他盡量以言語的力量來威嚇對方。

這是個明智的做法。明辨是非且較為早熟的他清楚不能隨便動用暴力，而且他大概打不過對方。有問題請師長來解決才是最有效的。

「你威脅我？」

不過顯然這招對王齊不管用。在他的價值觀和經驗裡，暴力往往可以解決一切，反正師長只會訓誡一下，透過暴力構築的威權不會輕易消失，之後還是他的天下。

王齊拽住小左離鳴的領口，用力向上一扯。

「臭小子，你以為你是誰啊？」

小左離鳴的腳跟離地。這是他第一次和別人正面起衝突。要說這個年紀的男生面對挑釁還不為所動，幾乎是不可能的事情。儘管如此，小左離鳴還是嘗試保持理智。

他轉過頭去，對小柳夏萱說：「快點去叫老師。」

「咦……」

「快點！叫老師來最快，落葉都被他們弄亂了，我們都是好學生，老師一看就知道。」

這裡沒有監視器，如果他們就這樣逃之夭夭，就沒有證據說是他們做的了。

而且，難保下次柳夏萱還會繼續被欺負。

「從剛才就一直老師老師的，煩死人了！」

王齊用力一推，把小左離鳴甩到地上。他吃疼地叫了一聲，隨即爬了起來，同樣伸手把王齊向後推去。

「喂，你幹什——」

「是你先動手的！柳夏萱，快點！」

找到正當理由的小左離鳴行動毫不猶豫，場面一觸即發。

小柳夏萱愣在原地，無法動彈。她從來沒遇過這種事情。為什麼有人在打架？而且就發生在眼前，這是自己的錯嗎？她滿腦子想著這些。

「跟妳沒關係，是他們欺負妳！」像是看穿她的遲疑與顧慮，小左離鳴奮力喊道：「快點，快去找老師！」

小左離鳴使盡吃奶的力氣壓住王齊，卻被他肥手一揮輕鬆彈開。但他仍舊快速起身，抱住王齊散發汗臭味的身軀。

「快點——！」

「你這小子——」

王齊這次推得更大力，幾乎把小左離鳴甩到一公尺外，沙塵濺起，使他發出不成聲的哀號。王齊接著走向小柳夏萱，但才走沒兩步，便發現自己動不了。

小左離鳴趴在地上，抱住了他的小腿和腳踝，不讓他前進。

「——別想過去！」

王齊一瞪，用力跺腳，發現動不了後便用另一腳踢踹，小左離鳴這才受不了疼痛而放手。

王齊再度向前走去，沒想到下一秒重複的情形再度上演。小左離鳴又撲了上來，死命抓住對方的腳踝。這一次他兩腳都抓，讓他沒辦法抬腳。

「你這……！」

就像打不死的蟑螂。

明明在身材上有著巨大的優劣差距，小左離鳴依然不斷起身阻止。一瞧就能清楚誰是處於弱勢的一方，他卻還是奮不顧身嘗試阻擋，彷彿身體是鐵打的一樣，不怕自己受傷，明明已經傷痕累累。

這是為什麼？

小柳夏萱不明白為什麼眼前的男孩要這麼做，而且八成是為了自己。打架是不好的，不可以這樣，那是不對的，師長們教導不能用暴力解決問題。

她知道，如果再這樣下去一定會有人受傷，而且是自己不希望受傷的對象。

她更不希望那個人是因為自己而受傷。

不可以，快住手，再這樣下去你會流血。不要這樣，不要再打了，求求你快點住手……

明明是這樣想的，可是這又是為什麼？

為什麼自己想替他加油？

不要輸，不能輸，不可以輸給那樣的人。雖然看起來勝算渺茫，可是總感覺堅持下去，好像就能贏。

就算弱小，也能有反抗的資格，不想永遠任人宰割。

即使什麼都做不到，也一定有什麼可以做。一定有什麼是自己才做得到的。就像眼前的男孩一樣。我不是一個任人欺負的弱者。

這是什麼？

從來沒有過這種感覺。

難以言喻的情感正在胸口膨脹。

等到察覺時，或者說當時的小柳夏萱根本無從理解這複雜的心理活動，只不過是受到內在渴望的驅動而行動起來。

近乎本能的衝動。

她抹掉眼淚，爬起身，跑了出去。

「喂！該死……阿累，抓住那女的——」

身後傳來可怕的命令，但小柳夏萱不予理會，直奔向前。雖然很想哭，屁股還很痛，她依然沒有停止腳步。

快點找到老師，把老師帶到那裡。

再撐一下，我很快就找到人去幫你。

跑著跑著，跑過體育中心前的道路，經過校內的遊樂設施，穿過正在打掃和嬉鬧的同學，然後轉進新校舍的轉角——

「唔……！」「呀。」

砰咚。小柳夏萱撞到了什麼，受到反作用力向後踉蹌。

差點倒地的她張開眼，看見一個黑漆漆的球狀物體。

原來是垃圾袋。幸好撞到的是有點柔軟的東西，要是撞上人或水桶應該會很痛吧。

「對、對不起…………咦？」

就在她準備低頭道歉時，一張熟悉而陌生的面容映在眼前。

「可惡，這小子是怎樣!?」

舊校舍的空地，不斷傳來衣物摩擦地面的窸窣聲響。

再也沒有力氣爬起來的小左離鳴，使盡吃奶力氣勾住王齊的腳踝，全身蜷曲、緊縮下巴。

「快點放開！」

腹部傳來一陣劇痛，讓他手的力道鬆了一些。

好痛……超痛的……原來被人打這麼痛，電視上那些英雄都是怎麼被打了之後還能笑出來繼續反擊的？電視都騙人……

小左離鳴想著這些不合時宜的問題，一邊忍受王齊的拳打腳踢。

「——我不放！」

像是為了驅趕疼痛，他大聲回應，並且抱得更加用力，同時用指甲掐住那肥厚的小腿。

「啊啊痛死了！搞屁啊！」

王齊用手掌毫不留情地往小左離鳴的頭搧去，發出啪一聲清脆巨響，可見力道之大。

「咕嗚……」小左離鳴如今已沒有餘裕思考自己的處境，以及這麼做的理由。他只是憑直覺行動，又張開嘴，往另一隻小腿狠狠咬去。

「——啊啊啊啊！」

王齊痛得慘叫，眼珠子瞪得像是要擠出來，咬牙切齒地瞪著挨在地上、比自己體型還小一倍的男孩，心想這傢伙到底是怎麼回事。

他從來沒在打架上輸過，就算吃過虧，只要他一用力還擊，對方很快就會求饒、退縮然後逃跑。從來沒有人死纏爛打到這種地步。

這是他第一次遭遇被反咬的狀況。

「這渾蛋……」

焦躁的他看見地上的掃把，毫不猶豫朝小左離鳴狠狠一踹，趁著腳踝上力道減輕的瞬間，彎腰掄起棍子。

小左離鳴雖然痛，還是立刻舉起雙手，反射性做出保護頭部的動作。

眼看掃把即將朝自己揮下——

「——住手。」

一道凜然且嘹亮的聲音響起。

「……為……什麼……」

往聲音來源探去，小左離嗚嘴裡含著難吃的鐵鏽味，以只有自己能聽到的音量嗚咽。

「不是說要找老師嗎……」

此刻站在他眼前的，並非能夠改變現況的師長，而是一名身材和自己一樣乾癟且弱不禁風，甚至更加纖細的女孩子。

留著一頭亮麗的紫色秀髮，女孩雙手抱胸、微抬下巴，以毫不畏懼的眼神直直瞪向王齊，彷彿君臨天下。

這道低喃傳進了小紫泱的耳裡。她的視線落至渾身擦傷且衣服骯髒的男孩身上，問道：

「是我不行嗎？」

「……」小左離嗚沒有回話的力氣，只能在心裡喊道：「快點離開。」

小紫泱當然聽不到，依舊杵在原地。

「怎麼又來一個啊？」王齊表露不耐。事態一直脫離自己掌控似乎讓他感到很不爽。

「喂，我說你。」

不過，更加令他不爽的事馬上要發生了。

「哈？」

「就是在說你。」

「怎樣？」

王齊側過身去，用惡狠狠的視線瞪著小紫泱，不過小紫泱一點也不害怕這種逞凶鬥狠的人。

「欺負人很有趣嗎？」

「什麼……又來了，關妳屁事啊？」

「唔，講話怎麼那麼臭。」小紫泱刻意手掩口鼻，微蹙眉頭道：「是因為長得大隻，汗流得特別多的緣故嗎？」

「妳說什麼……？」

「咦，聽不懂嗎？體型比較大的人，體脂肪通常比較厚，為了散熱所以特別容易流汗喔~加上皮膚皺褶多，是細菌的最愛，散發的異味會比一般人來得更明顯。」

小紫泱頭頭是道講了一串國小三年級生無法理解的生物知識，小左離鳴幾乎沒聽懂她在說什麼，王齊也是。

「當然，只要好好洗澡一樣能維持清潔，所以這與體型沒有絕對關係。」

不過，在場的人都沒有笨到無法領會小紫泱語中的嘲諷。

「只是，你大概連牙都沒刷吧……」

「蛤啊？妳到底在說什麼!?」

王齊咆哮著，似乎因為感受到被羞辱而面紅耳赤，音量也拉高幾個分貝。

小紫泱故作無奈地嘆氣，擺了擺手。

「這樣也聽不懂啊？就是在說你不僅身體，連嘴巴也臭得要命啦。」

小紫泱略抬起下巴，以無聲的唇語說道：

「你這個臭．胖．子。」

「──!?」

王齊雙眼瞪圓，齜牙咧嘴，額頭爆出青筋。

雖然沒有發出聲音，但小紫泱微瞇的視線和嘴唇刻意的開闔，帶有濃濃的挑釁意味。

恰好成為觸怒王齊的完美地雷。

「妳這傢伙……不要以為妳是女的我就不敢揍妳！」

「咦～」小紫泱不以為意，回以輕佻的口吻：「原來你不只揍男生，連女生也打呀？」

「廢話，妳不是第一個，老子只要看不順眼都打！」

「那你早上上廁所的時候，應該很想打碎鏡子吧。」

「……………噗。」

小左離鳴忍俊不住。

「你笑屁！」

王齊用力踩了一下小左離鳴的手臂，換來一聲疼痛的哀號。剛才這一下鐵定瘀青。

雙拳緊握到指節泛白，腳步也踩得格外用力，王齊氣勢洶洶地朝小紫泱走去，搞不好真的會出事。

「……快跑！」

小左離鳴氣若游絲，以最後的力氣發出吶喊。他不希望還有人受傷。

然而，在幾乎要黑掉的視線中，他卻看見那名紫髮女孩居然對著他輕輕笑了。

那人很快來到小紫泱面前，掄起巴掌，不由分說就往小紫泱的臉上揮去——咻。

揮空了。

不是王齊沒打準，而是女孩以靈敏的反應避開掌擊。

青紫色的長髮搖曳空中，在陽光的照耀下，宛如慢動作播放。

小左離鳴永遠記得那天的景象。

小紫泱一個撤步，瞬間移動到高大男孩的右側，而後微轉腰部、壓低重心，甩出小腿——

「——唔啊！」

一陣嗚呼，小紫泱紮實地朝王齊的腳踝祭出一記掃堂腿，使他失去重心倒地，發出「砰！」一聲巨響。

不僅力道強勁，大概是身體笨重的原因，這一倒，讓他痛得再也爬不起來，手摸著屁股和腳踝，在地上不停呻吟打滾。

接著，小紫泱朝自己的斜後方——位於小左離鳴視線死角的建築邊緣，用手勢比了一個ＯＫ。像是確認什麼之後，她露出淺淺微笑，徑直走過哀號的王齊身旁，來到小左離鳴眼前。

他眨了眨眼，還沒理解剛才究竟發生了什麼事。

白皙的手臂朝他伸來。

「走吧，我帶你去保健室。」

小左離鳴愣了一下，乖乖伸出手，結果放心一拉的結果，是把小紫泱也跟著拉向地板。

國小三年級的臂力終究有限，或者說明他已經傷到沒有力氣。

最後，小左離鳴攙著小紫泱的肩膀，一拐一拐地離開這片空地，前往保健室。

「醒啦？」

朦朧的意識中，小左離鳴睜開眼。

他環顧四周，發現頭頂是白色的天花板和刺眼的日光燈。左側及後方被牆壁環繞，右半邊的視野受淺綠色簾子所遮擋……似乎還有一小塊黑黑的東西，沒辦法看得很清楚。從簾子的縫隙中，可以窺見擺著瓶瓶罐罐的鐵櫃及大型體重計。

低頭一看，自己躺在一張不算柔軟的床上，鼻腔傳來淡淡的碘藥味。確認自己躺在保健室的床上後，他才將視線聚焦在坐在床邊、正盯著自己的人影。

是剛才救下他的小紫泱。

「我睡著了嗎？」

他記得自己被送到保健室後……不，途中就失去了意識。

「嗯，你後來昏倒了，睡了七天七夜，就像昏睡的白雪公主一樣。」

「……真的假的？」

「真的，你的皮膚還滿白的。」

「……」

一睜眼就有人在跟自己開玩笑，其實對醒腦還挺有幫助的。

「說真的，我睡了多久？」

「只有一下子而已。現在是上課時間。」

「這樣啊……嗯？」他察覺哪裡不對。「上課時間……妳不是應該在教室嗎？」

「因為很好奇你的狀況，所以跟老師說我去洗手間了。」

「…………」小左離鳴的腦袋有點轉不過來。因為所以的句型是這樣用的嗎？蹺課來保健室，理由不是擔心而是好奇，光明正大欺騙老師，對剛睡醒的人開惡劣玩笑。這些訊息和他心中對於紫泱的形象有不少出入。

「護士阿姨呢？」

「剛才跟學務處的老師走了。」

「學務處？」

「嗯，你該不會以為你被打成這樣，只會用體育課被球砸到應付過去吧？」

說完，小紫泱從保健室另一頭拿了一支手照鏡過來，擺在小左離鳴面前。頭上有繃帶，嘴角瘀血，臉頰瘀青，一隻眼睛掛著眼罩。由於冬天穿長袖所以看不到四肢的皮膚狀況，但身體隱隱作痛，肯定有其他傷口。

「護士阿姨說你差點就骨折了。」

「骨折……」

小左離鳴第一次與這個詞彙如此接近，沒有什麼實感。

「……對了！柳夏萱呢？」

雖說差點，終究是沒骨折，所以小左離鳴並不在意，但如果是別人就不同了。那時候柳夏萱跑走後就沒有再回來，該不會被那個叫阿累的男生追上了？小左離鳴面露擔憂的神情。

「不用擔心，她也在學務處。」

「咦？為什麼？」

「她是當事人，而且物證是她提供的。」

小左離鳴一頭霧水，眨了眨眼。小紫泱見狀，輕輕笑了。

「看來你一點也沒猜到呢。」

「猜到？妳在說什麼……說起來，為什麼妳那時候會跑來？」

明明讓柳夏萱去找老師，出現的卻是另一名班上的同學，這令他百思不得其解。

小紫泱靠在椅背上，輕描淡寫地說道：

「簡單來說，她最先碰到的人是我。看她急得一副快哭出來的樣子，我就想應該發生了什麼事。」

聰慧的小紫泱憑藉對方的反應及言語間透露的線索，很快就理解到這是霸凌現場。她確實有想到應該優先尋求師長協助，可是這麼做並沒有比較快，所以她臨機應變，選擇了另一個做法。

「我先嚇跑了後來跟上來的男生，然後請柳夏萱用手機開啟錄影模式，躲在角落偷偷錄影。只要錄下那個人毆打你的影片，以及讓他說出像是『不分男女都打』這類說詞並真的打算對我動手的畫面，就能徹底抓住他的辮子。」

「……」

「當然，我也不是傻傻過去給他打的。面對那種只會揮拳的沙包，只要往弱點攻擊就行了。像他們那種人，只會打人，沒被打過，反而應付起來更輕鬆。」

「…………」

小左離鳴猛眨眼，似乎是還在消化小紫泱說的這些話，並嘗試合理化她的行為。

眼前這名女孩的表現，根本不是一介普通三年級小學生做得到的，雖然她本來就有點異類，但仍舊出乎意料。

「欸，我問你，你為什麼要那麼做？」

小紫泱瞅著一塊青一塊紫的發愣臉蛋，好奇地問。

「為什麼……不為什麼？正常人都會這麼做吧。」

「是嗎？我就不會。」小紫泱理所當然地回應。

「嗯……？」小左離鳴歪了歪頭。「可是妳還是過來了啊？」

「那不一樣。」

「是嗎？我倒覺得一樣……」

坦白說，小紫泱並不是出於認識對方，或是無法放任弱小被欺負這種理由而採取行動。她會選擇這麼做，只是基於一個更單純的原因。

她想要看看有趣的事物。

平凡無奇的日常生活，總是受到人們同樣的注目，做任何事都得心應手，不會的東西一學就會。除了人際關係，不論課業還是體育都能輕鬆拿到好成績，師長們的誇讚早就聽膩了。

沒有目標，沒有挑戰，沒有新意。那樣的她，覺得上學無聊死了。

所以她希望能碰到什麼令她眼睛一亮的事物，她下意識追求著。不論有多麼細微或短暫，只要能讓她感覺到有趣就行了。

只是如此簡單。

一名男孩子為了保護一名女孩子，選擇捨己救人，纏上自己明知打不贏的對手。

這種事雖然不是沒發生過，卻不會經常發生。光是了解這一點，就足以讓小紫泱產生行動。

倒在地上奮不顧身，就連面對自己不甚熟悉的同班同學，也寧願讓自己挨揍，只為爭取別人逃跑的時間。

儘管不知道自己有練跆拳道不是他的問題，但當下的小紫泱，還是為此感到一絲新鮮感。而且虧他居然有辦法在那種狀態下笑出來，簡直不要命。

「你真是個笨蛋。」

小紫泱沒有回應小左離鳴的疑問，直接攤出內心感想。他顯得有些難為情地搔搔臉頰。

「或許是吧。」

「你不生氣嗎？」

小左離鳴再度歪過頭。

「為什麼要生氣？」

「……不，沒事。只是以前我說別人笨蛋，別人都會生氣。」

「啊～」小左離鳴大概可以想像。畢竟什麼事都做得好的人，指著別人說笨蛋，肯定會讓對方覺得自以為是。只不過……

「我應該要謝謝妳才對。」

「咦？」

「如果妳再晚來一點，我可能就真的骨折了。打架真的痛死了……」

「那哪是打架，只有你被打。」

「說得也是。」

講到這，兩個人都笑了起來。

這時，保健室的門打開了，一名略有年紀的女老師走了進來。是他們的班導。淺綠色的簾子唰地一聲拉開。

話說到一半，班導的視線聚焦在一旁的紫髮女孩身上。

「離鳴，你還好——」

女孩若無其事地笑著揮手，彷彿什麼事都沒發生。

班導當下便料到是怎麼回事，低頭大嘆一聲。基於師長的威嚴及教導原則，她姑且還是向小紫泱訓了句「不准蹺課」，得到的是預想中的「是～知道了～」的敷衍回答。

總是讓人這麼頭痛。班導捏了一下眉頭後，轉向小左離鳴，關心他的傷勢。

那之後，又有兩名學務處的師長走了進來，小左離鳴的母親也趕到現場，只見她擔憂地一邊抱著自己的孩子，頻頻拍他的背問道：「有打回去嗎？幹得好」，令在場所有師長傻眼，小紫泱則是笑得合不攏嘴。看來有趣的個性遺傳自媽媽。

後來小紫泱發現躲在門邊偷看的小柳夏萱，於是把她拉進保健室一起作樂，甚至把她手機裡男孩挨揍的影片直接秀給他的母親看。

保健室傳出陣陣歡笑以及小左離鳴的哀號。

當然這兩人之後就被趕回教室了。

事發一星期後。

在醫生指示下，小左離鳴終於將眼睛的繃帶拆掉，讓右眼的世界重回光亮。

身體也比較不會痛了，剛受傷那幾天洗澡對他而言簡直是地獄，尤其在冬天這種時節，熱水總是毫不留情地蹂躪傷口，讓他感到生不如死。

如今傷口已經結痂，瘀青也消了腫，自己終於可以回到之前活動自如的狀態。

今天的體育課是他最期待的環節。已經錯過三堂體育課，只能眼巴巴看著同學在眼前快樂打躲避球的他，只有縮在一旁乾瞪眼的份。

如今終於能輪到自己站上球場——

「今天跑大隊接力喔～」

體育老師一句話無情粉碎小左離鳴的微小希望。

為了避免傷口裂開，小左離鳴只好待在樹蔭下，背靠著樹幹望向跑道發呆，流經耳邊的踏步及喘氣聲都與自己無關。

雖然自己運動不是特別優秀，這個年紀的男孩子總歸喜歡活動身體。

「那個……」

一名嬌小的身影走進眼角。

小左離鳴撇過視線，從樹幹上支起身體。

微風吹拂的紅色短髮在陽光下閃耀，白皙小巧的膝蓋映入眼簾。

柳夏萱。

明明是冬天，她卻像不怕冷一樣穿著短袖短褲。

「咦，妳不用跑嗎？」

雖然是對方先靠近，小左離鳴率先發話。

「我、我剛剛跑完了……」

視線游移的小柳夏萱看起來有些戰戰兢兢，似乎還不習慣交談。

那起事件發生後，兩人曾打過幾次招呼——雖然幾乎都是小左離鳴上前搭話，不過對話總在三句以內結束。

原因很簡單，小柳夏萱不懂得如何接續話題，而今天是小柳夏萱難得第一次主動找上門。這樣的行為，令小左離鳴感到意外，頻頻眨眼，但很快他便不在意這一切。

「有什麼事嗎？」

「那個、就是……」

小柳夏萱的眼珠子不停在地上徘徊，雙手食指反覆搓揉，嘴巴雖然張著，遲遲沒有吐出下一句話。

小左離鳴沒有催促，只是耐心地等候。大約過去十秒，小柳夏萱深吸一口氣，鄭重低下頭——

「那個，謝謝你！」

說出這一句話。

當初在公園沒能來得及表達的感謝。

小左離鳴愣了一秒，笑道：「什麼嘛，妳是要說這個啊。」

「因為……都沒有說。」

「又沒關係。」

「可是因為我……」

小柳夏萱邊說邊瞥向對方還有點微腫的眼窩，不算強壯的手臂上依稀可見少許的結痂和瘀青，她不自覺抿起嘴脣。

小左離鳴立即意會到眼前女孩在意的點。

「啊，妳說這個嗎？不會痛了啦，妳看！」

他豎起自己的右臂，像是要證明什麼一般，用力一拍。

「咕唔——！」

結果立刻吃鱉。

不去觸碰就不會有感覺，但刻意拍打果然還是會痛。小左離鳴整個人縮了起來，前一秒和後一秒的反差，表現得相當滑稽。

「……噗。」

小左離鳴聞著聲音抬頭，見小柳夏萱拳窩抵著嘴脣輕笑出聲。看來自己剛才那番舉動戳中了她的笑點。

這是小左離鳴第一次看到她展露笑容，於是也跟著笑了起來，兩人就這樣笑了一陣子。

「那個……」

「要不要先坐下來？我的脖子好痠。」

「啊，對不起……」

小柳夏萱緩緩坐下，草皮刺癢的觸感從小腿傳來。

沿著一百公尺跑道林立一側的樹木，排列成一道樹牆。冬天的枝椏於頭頂開散。稍遠處是繞著兩百公尺環狀跑道，正努力練習大隊接力的同學們的側影。

一下下應該還好吧？小柳夏萱抱持這樣的不安坐下，原本想立刻起身，但因為有件事她無論如何也想說出口，於是壓抑住內心那一絲絲罪惡感，坐到與小左離鳴距離一肩膀寬的位置。

「這樣好多了。」小左離鳴咧嘴一笑，「所以呢，妳剛剛想說什麼？」

「就是……」小柳夏萱躊躇了一會，深吸一口氣後終於開口。

「……那個、就是，我想要問你，你在那個時候……怎麼會來？」

「嗯？因為老師叫我去幫妳啊。」小左離鳴不加思索。

「不、不是問那個……」

「不然是哪個……啊～妳是說王齊嗎？」

小柳夏萱點了點頭。

「因為妳被欺負了啊。」

「……就這樣嗎？」

「嗯？不然要怎樣？」

小左離鳴皺起眉頭。前一個禮拜才有人也對他提出相似的問題，不過他恐怕仍然不明白他人為何會產生這樣的疑問。

不含一絲雜質和猶豫，他行動的理由就是如此純粹。即便在挨打的時候有種自己幹了蠢事的感覺，不過他並不後悔。對於小柳夏萱而言，這是個過於直白到無法理解的理由。

而且不是第一次。

「那……那個時候呢？」

「哪個時候？」

「就是去年暑假……在公園……」

問自己的事情很不好意思，但這個問題小柳夏萱從很久以前就想問了，只是因為對方沒認出自己加上怕生，遲遲找不到機會。應該說就算有，也問不出口。

可是，她下定決心了。

當時，她看見小左離鳴奮不顧身擋在自己身前，那不斷被擊倒又不斷爬起的模樣，令小柳夏萱的內心湧起一股難以言喻的感受。

明明身處弱勢，搞得灰頭土臉又難堪，甚至可以說是有勇無謀，她卻對倒在地上的男孩升起一絲嚮往。

她在心裡替他加油，希望他不要輸，同時胸腔開始發熱。那股異樣的感受驅使她撐起身體，克服無力的雙腿和恐懼向外求援，才得以及時遇見小紫泱化解危機。

她很好奇那是什麼。

為什麼看著那抵抗的身影，就想為他加油，就有一股自己也想做些什麼的衝動。這種心情前所未有，她想知道那份心情從何而來。

追本溯源，她想到了去年暑假和男孩的初次相遇。雖然素昧平生，但男孩主動靠近了自己，送自己飲料喝。從來沒有陌生人對她展露這樣的善意。

她永遠記得當時流過喉嚨、抵達胃部的沁涼和甜味，唯獨疑問卡在胸口嚥不下肚。

經過一個學期的觀察，這份疑惑沒有被抹去。每天注視著這位名叫左離鳴的男孩，反而日益加劇她的好奇——自己和眼前這名男孩，究竟差在哪裡？

如果是膽小的她，看到不認識的人窩在鞦韆上，只會瞧一眼然後路過；看到同班同學被欺負，肯定更不敢靠近，只會默默裝作沒發現。

她很羨慕那個人。課業成績不錯，和同學相處融洽，處事應對得宜。她希望自己也是那個樣子。如果可以，她想要讓自己離那副模樣近一點點。

她不希望下一次，再有人因為自己的膽怯而受傷。

所以她想知道，很想知道。什麼膽小、不敢說話已經構不成理由，她猶豫、思忖了整整一星期，才在今天鼓起勇氣。

然而——

「好久的事情了，我怎麼會記得。」

男孩的回答，狠狠潑了她一盆冷水。

「啊，嗯、嗯……」

無庸置疑，小柳夏萱感到沮喪。但這也沒辦法，畢竟拖太久了。

「為什麼要問這個啊？」男孩反問道。

小柳夏萱不知道該怎麼回答。當時的她沒辦法梳理那麼複雜的情緒，只是沉默不語地低著頭，盯著地面，腦袋無法運轉。

忽然，她發現有什麼東西在視線不遠處竄動。有一條稀疏的黑線在土壤和小草之間穿梭。

定睛一看，是螞蟻組成的隊伍。

她的注意力被吸引過去，轉而觀察這些生物。她發現到，每隻螞蟻都搬著比自己的身體還要寬大的碎屑。這些碎屑看起來很重，好像隨時會壓垮自己，然而牠們依然奮力向前，無一脫隊。

沿著隊伍源頭望去，狹長的黑線消失於交錯的草叢和泥土間。看不見盡頭，只知道還有好長一段路要走。但那樣的牠們依舊沒放棄，一步一步穩健地朝目標邁進，不曾停歇。

小柳夏萱望著這些不起眼的小尖兵，彷彿在牠們身上看見了自己的影子，緩緩開口道：

「……我想要變得勇敢。」

這道低語，隨著打在臉上的冷風，清楚傳進男孩的耳裡。

小左離鳴有些訝異地看著那專心盯著地面的側臉，很快又不覺得這是什麼好意外的問題，然後思考起來。

「好難的問題……勇敢嗎……？」

似乎意識到自己丟了一個令人困擾的疑問，小柳夏萱猛地抬起頭，急忙揮舞雙手。

「沒、沒事，當我剛剛沒問……」

「要怎麼樣才能變得勇敢呢～～……」

小左離鳴沒有理會，逕自思考著。一下右歪腦袋，一下手撫下巴，絞盡腦汁找出答案。

「沒、沒關係了……」

「哼嗯～～…………」

看著緊閉雙眼，整個身體歪到一邊的小左離嗚，小柳夏萱「啊……」一聲不再多語，微張的嘴緩緩闔上，手掌收合。

她索性放鬆肩膀，維持手舉著的姿勢，靜靜等待眼前男孩的答案。

「嗯……勇敢、勇敢……」

咕咚。小柳夏萱吞了一口口水。就像在等待開獎一樣，周圍瀰漫一股稀薄的緊張感。

下一秒，小左離嗚倏地睜眼，煞有其事地望向女孩，她一瞬間屏息，聚精會神凝視著男孩。

緊接著，男孩張開嘴巴——

「不知道耶～」

露出一抹燦笑。

「…………」

這是小柳夏萱第一次萌生出想打人的衝動。

「這問題好難……老師又沒教～」

男孩抓著自己的頭髮，無力垂下手臂和肩膀，嘆了一口氣。

「嗯……不知道呢……」

小柳夏萱只能附和，面露苦笑。看來疑問沒能得到解答。

不過，算了。今天的目的已經達成了。自己已經按照媽媽教的，有人幫了自己就要道謝。是自己隨隨便便丟了一個難題，對方回答不出來也無可厚非。

差不多該回去上課了。小柳夏萱如此心想，緩慢起身，拍拍屁股準備離去。

此時──

「不過，妳已經很勇敢了不是嗎？」

「……咦？」

她側過身來，回望地上的男孩。男孩嘻嘻笑著，但不覺得他在開玩笑。

「那時候妳明明雙腳在發抖，還是站起來了哦。」

小柳夏萱愣了一下，隨即低頭沉思，搖了搖頭。

「不，我以前沒有那樣過……我很害怕……」

「所以很厲害啊！」

「──？」小柳夏萱直勾勾望著男孩的臉蛋，連續眨了幾下圓潤的雙眼。

厲害……？

她不明白他的意思。

從沒有人用「厲害」來評價過她。在自己眼裡，她就只是一個得靠別人拉一把的拖油瓶而已，就連許多一般人能做到的事她都做不到，這樣的她又怎麼可能和這兩個字扯上關係。

她不明白。完全不明白。

「因為啊。」不過男孩說了。「明明是沒有做過的事情，明明很害怕，可是最後還是做了——這樣子很厲害不是嗎？」

「…………」

彷彿要貫穿天際的澄澈嗓音竄入耳膜，像是一陣毫無迷惘的強風，頓時拂去小柳夏萱心中的迷霧。

映在眼裡的男孩的雙眼，反映著璀璨的碧藍。

「沒有……做過的事……？」

「嗯！」他站了起來，用力點頭。「做自己沒有做過的事，這樣的人很勇敢！」

「……做沒做過的事……就是勇敢？」

猶如學舌鳥般，小柳夏萱只是重複聽到的字詞。

奇妙的感覺。看似隨口而出的一句話，卻擁有舉足輕重的重量，讓人感覺胸口某處沉甸甸的。

就像原先在尋覓著什麼，卻不經意在雜草叢生的路邊石頭底下，發現閃耀著光輝的碎玻璃。

儘管有些殘破，沒有成對的要素，卻散發著吸引人的魔力，教人無法移開目光。握在手心，貼近胸口，會感覺自己的內心被填補了一塊，好像又完整了一些。

那句話具有這樣的力量。

這是單靠自己思考無法得到的解答。因為眼前這名男孩，才有機會拾獲如此珍貴的寶藏。

小柳夏萱輕輕笑了。

「原來是這樣……」

她輕柔地握起掌心，貼在自己的胸口，好像切實抓住了什麼。

「謝謝你。」

她抬起眼，再度道出這句話。

幾天後的音樂課。

今天是寒假前最後一次的直笛課程，老師要求班上同學分組，一組二至三名組員練習。

歷經一學期的相處，班級版圖勢力已然成形，劃分為各自的小團體。很快地同學們都找到了各自的夥伴，三三兩兩地分散在教室各處，將桌子併了起來。

唯有一名落單的身影始終坐在位子上，泰然自若地看著樂譜，彷彿沒有聽到老師的指令。

面對假期即將到來，音樂老師其實只是想要隨便分個組，大家開開心心地度過這最後的直笛課，但仍不小心忽略了這件事。

「紫泱，妳自己一個人嗎？」

音樂老師以輕柔的口吻問道，小紫泱頭也沒抬地應了聲：「嗯。」

意料之中的答覆。老實說，她覺得老師根本沒必要顧慮自己，更何況那種問法就像是默認了這個結果一樣，有沒有詢問根本毫無差別。

反正最後還是一樣，就算不分組，快速練習幾次就能滾瓜爛熟。

「這樣啊，那好吧。」

音樂老師從鼻孔輕輕吹氣，將視線從頑強的小女孩身上移開，雙手合掌。

「好！看來都分完組了，那就開始吧。同學我們先聽一次，大家試著動手指練習，不要吹奏，等過一次之後再——」

此時，一隻小手從人群中探了出來，打斷講臺上的發言。

「嗯……？夏萱，怎麼了？」

舉手的人正是小柳夏萱。

仔細一看，她也留在座位上，而且身旁沒有其他同學。顯而易見地，她和小紫泱一樣沒有找到分組對象。

但有點奇怪。儘管性格不易近人，她終歸只是怕生，對於要在已經相處幾個月的團體中找到同伴並不是難事。應該說，她在課堂分組上幾乎沒有落單過。

這件事讓音樂老師略感遲疑，不過很快便做出反應。

「夏萱沒找到組員嗎？」

她含蓄地點了點頭。

「有沒有同學願意和夏萱一組的～？」

明明同樣落單，老師卻沒有將她和小紫泱湊在一組，應對方式也和剛才不同。這是當然的，畢竟小紫泱知道大家都討厭她，老師也會避開這種情況，但面對明顯的差別待遇，仍令她感到不悅。這也是她討厭大人的原因。

說完，班上部分女同學開始交頭接耳。不久後，位於教室後方的女同學舉起手來。

「老師，我們這裡還差一人～」

「太好了，那夏萱就跟她們一組吧！」音樂老師再度合掌，像是為解決了一件小事而滿足。

「那個……」

「我們先放音樂聽一次，大家記得不要發音，用手指練習就好。」

「老師……」

「準備好……」

「——老師！」

突如其來的高亢嗓音，再度打斷課堂進度。音樂老師看向聲音來源——小柳夏萱的座位，只見她依舊舉著手，微微抿住嘴脣，看起來很緊張。

「怎麼了……？不是找到組員了嗎？我看看……夏萱妳直接坐過去好了，後面比較空。」

面對老師的指令，小柳夏萱不為所動。就在音樂老師連續地眨眼後，女孩才微張她那顫抖的小口。

「那個……我想跟紫泱一組……」

悄然無聲。

空氣凍結。

無一例外，班上所有人都愣住了，全部往小柳夏萱看去，露出像是在看珍禽異獸的意外神情。

平時不會用大嗓門說話的文靜同學居然打斷老師的發言，還提出了無人料想得到的請求。就連平時總在睡覺的同學也不禁從睡夢中驚醒。

不過，要說這之中最意外的人，或許該用詫異來形容，絕對是座位前方、正轉頭望向她的紫髮女孩。

竟然有人說要和自己一組……？難不成自己中了什麼催眠嗎？

怎麼會——這樣的疑惑同時在所有人心中泛起，迅速擴大成一股難言的氛圍，瀰漫並封住整間教室。

感覺快要窒息。

承受著諸多刺向自己的視線，猶疑、不解、驚訝、湊熱鬧，小柳夏萱幾乎要昏倒了。這是她第一次受到這麼多人的注目。

然而，她知道自己在做什麼。

音樂老師愣了兩秒後才回過神。

「這、這樣啊……紫泱，妳可以嗎？」

「啊，嗯……」

一向說話犀利的小紫泱也話語結巴。

獲得同意後，害羞得臉冒蒸氣的紅髮女孩迅速起身，默默移動到紫髮女孩的座位旁，頭深深低垂不敢說話。

她的耳根子紅得跟熟透的蘋果一樣。

音樂課繼續下去。

電子音組成的直笛吹奏自音響流出，生硬的音符在桌上跳舞，構成一段又一段的旋律，以說不上是高潮起伏的平板音調穿透鼓膜。

播放完畢後，老師帶著同學彷彿複誦課文般開始吹奏。成群的直笛聲很快覆蓋掉剛才的沉寂，教室恢復往常的活絡。

這之中，唯有兩人像是與世隔絕，周圍的音量自動轉成靜音。

「……」「……」

坐在教室最前排並肩的兩名女孩，手握著直笛，共用同一份樂譜。她們都不敢看向對方。

一個是因為羞愧，一個是因為驚嚇。

受到驚嚇的一方率先取回冷靜。紫髮女孩微微側過臉去，露出一抹苦笑。

「沒想到妳會說要跟我同組。」

「……！」小柳夏萱抖了一下，看向發話的女孩臉蛋。

視線才對上不到一秒，她便撇過視線，像是在思考著什麼，一雙可愛的眼睛眨呀眨的，在五線譜上尋找不存在的答案。

沒多久後，她緩緩抬起眼，羞赧地說了一句：

「其實我以前……就想跟妳一組了……」

如此直白。

「……是因為上次的事嗎？」

小柳夏萱搖搖頭。

「那次的事也想跟妳說謝謝，不過不是……」

「那是為什麼？」

小柳夏萱沉默著，思忖著該如何表達。她的視線一下瞥向身邊的女孩，一下看向樂譜，欲言又止。

小紫泱像是看穿她的疑慮，回答：「不想說沒關係。」

聽到這句話後，小柳夏萱再次搖了頭，下定決心，戰戰兢兢地回答：

「因為妳看起來……很孤單。」

聽見這樣的答案，小紫泱睜大雙眼。

「很孤單……我嗎？」

「嗯。」小柳夏萱點頭，輕吟一聲。

小紫泱先是沉默，接著若有所思看向天花板。「咦……這樣呀，我被可憐了嗎～？」

「欸？」小柳夏萱猛地抬起頭，發覺自己說錯話……或者說被曲解了。

「不、不是！」

「我開玩笑的。」

面對慌張的小柳夏萱，小紫泱以一抹惡作劇的笑容回應，雙眼微瞇，像是找到什麼樂子。

「嗚……」

「別當真啦。」

「……妳會不喜歡嗎？」

「不會，只是有點嚇到。」

「對不起……」

「幹麼對不起？」

「……」小柳夏萱沒有回答。她也不曉得自己為什麼這麼說，或許只是下意識脫口而出。

「不過說真的，妳不用顧慮我喔。妳這樣子做，下場會變得和我一樣。」

小紫泱這麼說的同時，眼簾微微闔上，掛在耳梢的髮絲跟著垂落。雖然有些被遮擋，不過那雙琉璃色眼眸一瞬流露的情感，沒有逃過小柳夏萱的眼睛。

不如說，小柳夏萱已經不是第一次看見了。

當在班上孤身一人、分組找不到同伴時，又或是自己拿到了好成績，卻在各方面招來同學嫉妒和不屑的目光時，眼前的女孩都會露出這樣的眼神。

那是帶有一絲失望、無奈，以及習以為常的黯淡。就像原先清澈的天空被覆上一層陰霾，難以透光。只是她往往又像是不在意般，立刻恢復平常的樣子。

她很好奇，為什麼會這樣？如果是自己，恐怕只會活在自卑的情緒之中，像是濃稠的顏料反覆塗刷，最後一蹶不振。然而，小紫泱卻依舊貫徹自己的生存之道。

在小柳夏萱眼裡，那樣的她很帥氣，也很迷人。尤其在上次事件後，她更加無法將目光從她身上移開。

就像飛蛾受到火光驅使，眾人認定危險的事物，小柳夏萱卻對其產生無比的好奇和憧憬。

所以，想和她一組的心情是真的。即便知道這麼做的後果可能會招來眾人不解，甚至落得小紫泱所說的「下場」，她也要把話說出口，親身力為做出改變。

換作以前的她肯定不敢這麼做，不過現在不同了。

「……沒關係。」

因為，有個人教會了她何謂勇敢。

「咦？」

「如果真的變成那樣……」

小柳夏萱露出一抹真誠的笑容，轉頭對身邊的女孩這麼說：

「到時候我們就是朋友了呢。」

「…………」

小紫泱雙目瞠圓，呆望坐在自己身旁的紅髮女孩，好一陣子忘記要眨眼。

不知為何，她的心臟怦怦直跳，胸口灼熱，喉嚨的水分好像蒸發一樣。就像一顆彗星墜落至面前，突發的事態令她無法掌握，平時的從容早已消失殆盡。

這也是當然的。

因為這是她這輩子第一次——

有人願意稱她為朋友。

這就是三個人故事的起點。

見義勇為的率直男孩左離鳴，鬼靈精怪的天才女孩紫泱，善於觀察的膽小女孩柳夏萱。

看似毫無瓜葛，卻又強烈地拉攏彼此。

絕對不單單只是命運。

距今八年前的夏日，有點特別的冬天，他們平凡而深刻地相識了。

第六章　眼中的雪白

光影掠過眼前。

能感受到窗外風的阻力變小了許多，我們以比來程更快的速度前進著。寒風呼嘯，把思緒吹往遙遠的過去。

我與柳夏萱正搭乘計程車，前往學校的路上。

我們回想起了以前的事。不，是本應存在我們的腦中，卻不知為何被遺忘的重要回憶。

那個重要的她。

無法原諒。有股無處宣洩的沉痛在胸中翻滾。

那是紫泱喪命的場所。時隔一年的同一天，同一個場所，唯獨她被帶走，留下了我們。

柳夏萱路途上低垂著頭，不發一語。

像是失去光芒的螢火蟲，褪下活力的外衣，徒有悲傷赤裸在外。

我們都想起來了。

當年紫泱是為了救下她，才死於那個路口。

那是場意外，我們都心知肚明，但當事人似乎不是那麼想的。如果我是柳夏萱，大概也無法接受。

畢竟那是自己鼓起勇氣，所結交的第一位摯友。

雖然不曉得紫泱為何會以那樣的身分再度出現在我們面前，在這一個月的時間裡，我們確切而真實地相連在一起，度過了那本應遺落的時光。

為什麼會忘了……

如果這與她回來有關，為何要重新接近我們，又自顧自地遠離我們？

妳到底在想什麼？

我在心裡呼喚那令人感到心碎的名字。

我望向身邊依然低著頭的少女，回想起前天夜晚的事情。那篇存在我筆電裡的故事《For dearest》，想必也是紫泱留下的。

大概這才是她借走我筆電的真正用意。為了不讓我察覺，她還偷偷對編輯時間動過手腳，讓人誤以為是幾年前留下的。

為什麼要續寫後面的故事？為什麼要特地安排自己的死亡，並以一個月作為期限？

二十八天。

當時說出口的這個數字，令我感到遲疑，若不是心裡有一把衡量時間的尺規，這個數字未免太過精確。也就是說，這個時限對她而言很重要。故事中，她將自己的遺願託付給男孩，聽起來就像自己將要真正遠去，不會再回來。

她希望我照顧柳夏萱。希望我們兩人可以互相扶持。大概，連那場告白都是她促成的。

仔細回想，她好幾次都在暗示自己那所剩無幾的時間。

我不會待太久的。

畢竟這裡不是我該待的地方。

之後就交給我吧。

——不會再有下一次了。

從一開始，她就打算犧牲自己。

初次見面時，她提到了這個帶有脫離感的字眼，如今卻又覺得這是唯一合理的神明。

解釋。

……為什麼那傢伙剛才會出現在那裡？仔細想想，實際上我根本不認識「何又雲」這個人。

什麼都不明白，什麼都不理解。只能猜測有一股我不知道的力量在背後運轉著，迫使紫泱做出決定。

一個月的期限。恰好就是今晚。

距離今天結束只剩下不到四個小時。不曉得一旦午夜鐘聲敲響，會發生什麼事。

只知道是不好的事，不祥的預感籠罩著我。那是比至今為止感受到的，都要更為惡劣的預感，如同即將淹沒世界的無情終幕。

絕對不能讓它發生，這是我此刻唯一確信的事。

揪住心頭的痛楚讓我緊握拳頭，窗外的烏雲不知不覺間占據了整片天空。

是我的錯。

絕對是我的錯。

我不知道為什麼還有辦法再見到妳，也不知道為什麼自己有資格遺忘一切。

明明我應該要背負這份罪孽，一輩子註定無法伸手觸及那片星辰。

我明明必須連同妳的份，去讓那個人振作起來，然後不可踰越地遠遠守候。

拾起一片片的絕望，守望他獨自走向幸福，這才是我該做的事。

吶，妳恨我嗎，小紫？

會恨我這個一不留神、得意忘形之際，擅自奪走妳歸處的自己嗎？

我不會道歉的。

即便如此，我也不會否定過去的自己，更不允許妳用這種方式斬斷我們的羈絆。

我還是希望妳能繼續當我的朋友。

我原本就想對妳說這句話。不論我有沒有回想起來，這句都是我一定要對妳說的話。

還有一句話也必須當著妳的面對妳訴說才行。

在此之前，我一定要見到妳，好好地問清楚。

向妳道歉，向妳道謝，抱著妳好好哭一場。可以的話，我想再一次看到妳為我感到訝異而憐惜的表情。

不過這是不可能的對吧。

這世界沒有這麼好的事，否則妳也不會用這種方式來處理。妳明明一直都是個有辦法把事情處理得乾淨俐落的女生。

只是說不定，這就是妳期盼的結局。

我都忘記了，雖然我們的性格完全不同，這卻是少數我們相似的執拗。

想到這，我緊繃的眉頭和臉頰不自覺微微放鬆，嘴角輕輕揚起。

我像是遙望著久違打開的藏寶盒深處，將思緒牽往一年前。

那一天，也是與今天相同的夜晚——

「小左~好了沒~」

「來了來了。」

去年的平安夜，放學時分。

我來到位於樓上班級的教室門口，催促著還在慢條斯理收拾書包的小左。

小紫傳訊息說她正要從圖書館走過來。她好像又蹺課了。

這麼說有點自以為是，但大概是班上沒有我和小左，所以小紫蹺課的頻率比以前更高了。以她的成績明明可以進入更好的高中，但她還是不顧師長的反對，選擇就讀和我們同一所學校，雖然她本來就是不聽勸的性格。

我們三人高一都被分配到不同的班級，但感情還是很要好，時常像這樣約在一塊。特別的聖誕節前夕，我們約好一起去逛市集。

「萱，好了。」

「嗯！」小左終於整理好書包，於是我們一起朝約好的校門口前進。走在路上，我微微低著頭。

——萱。

到了現在，有時候我聽到這個名字還是會有點不習慣。這是我上國中之後，要求小左這麼叫的。誰叫只有他們用一個字來互相稱呼對方，太狡猾了，讓我有種被排擠在外的感覺。

「啊，班長，再見～」

迎面而來的聲音使我抬頭，我揮手笑著回應「拜拜」，走下樓的途中陸陸續續和其他同學道別，臉上同樣掛著笑容。

「妳還真受歡迎欸。」

「哪有啦。」

小左半開玩笑地這麼說，我雙手扣著背包肩帶苦笑。

坦白說我也沒想到會變這樣。如果是三年前的自己，完全不會料想到自己有如此大的轉變吧。

原因我很清楚。如果不這樣做的話，我會迷失在無人在意的小巷。

國小的時候，小左因為小紫創作的小說，立志成為插畫家，從那天開始就一直努力，像是找到陽光。剛開始他畫得很慘，可是到小學六年級畢業之前，他已經可以畫出被同學和師長稱讚的畫作。

小紫就不用說了，她本來就是天才，不論參加學校的作文比賽或網路小說投稿競賽，她都榜上有名。我甚至聽說有出版社來邀稿，可是在沒與父母討論之前，她就斷然回絕了。

她沒有提起原因，可是我隱約猜得到。

她希望自己第一部作品的插圖，是由身邊的那個他替她畫上的吧。

注視著某個對象的背影不斷努力前行的人；走在前方卻溫柔地留意後方的人。他們之間的默契讓人無法介入。好耀眼，好堅實，好羨慕，也覺得好遙遠。

不知道什麼時候開始，我也默默提起筆來，想要追上兩個人的腳步。只是我的對手實在強得犯規，每踏出一步，那個人就往前踏出更大一步；每當覺得自己進步了，看到那個人寫出的作品又馬上縮回去。

再這樣下去不行。我遲早有一天會狠狠被他們拋在後頭，再也觸碰不到他們的肩膀。

所以如果一條路不行，就開拓其他更多條路，然後一起努力。

這就是我升上國中之後，強行轉變自己個性的原因。一開始真的好難，好幾度都想直接放棄，縮回那個只需要和自己對話的角落。

可是不行。如果在這裡停滯，我有預感自己一輩子都會是這副德行。

只能一直練習微笑。有機會上臺就爭取。選幹部的時候也要努力舉手。還有就是要一直寫。

剛開始小紫和小左都嚇了一跳，不過他們都沒有問為什麼，只是默默地守在我身邊。

神奇的是，不曉得是不是因為行為改變了，我的心態也逐漸適應了這樣的自己，開始有種全部一起加速的感覺。

以前那種無力感漸漸消失，大概是因為加入體育社團的緣故，體力變好了，做起事情來變得事半功倍。完成一天的課堂和作業，回到家裡後，半夜寫稿也不再昏昏沉沉。

感覺可以靠自己前進。

應該不會被丟下，甚至有機會超前。原本遙遠的背影，眨了眨眼、喘了幾口氣後，不知不覺再度回到眼前，伸手就能相觸。

終於要可以追上妳了。

終於可以憑藉自己的力量戰鬥，不再是當年那個懦弱的自己，需要靠別人來拯救。

我已經隨時都準備好去背水一戰。

天曉得這個日子我等了多久。可以的話，希望今晚就是那個時刻。

「小夏，嗚。」

背後叫喚的聲音，讓我意識到自己不自覺緊抓的肩帶似乎在發出哀號。

我放鬆手的力道，與眼前的紫髮少女會合。

「小紫～」

身穿雪白大衣的她看起來很溫暖，與過膝黑長襪形成的對比襯托出她的氣質，像是位在寒冬中屹立不搖的冰雪公主。

「咦，這是新外套嗎？」

「我想說應景一下，好看嗎？」

小紫微微打開手臂，讓我們看得更清楚。

「我覺得很好看！」我不加思索道出感想。不如說她就是個衣架子，感覺世上沒有什麼穿搭難得倒她。

她笑咪咪地道謝，然後轉頭看向小左。「嗚，你的感想呢？」

「這是服裝鑑賞大會嗎？」

「沒錯，你是首席評審。」

「咦～小紫，那我呢!?」

「小夏是……熱情的粉絲？」

「欸～～!?那小左……你最好給出一個可以讓人信服的評語喔。」

「為什麼我要被脅迫啊？」

盯——……

大概是受不了我跟小紫的視線，他露出無言的表情，隨後撇過頭去，呢喃道：

「很適合妳……」

「算你稱職。」

「不客氣。」

小左這麼說後，便逕自往前走去。

「在害羞呢。」

「才沒有！」

小紫笑著捉弄小左，跟上他的腳步。貼心的她也沒有忘記我，回頭對我伸出手，讓我沒有胡思亂想的空間。

我們走出校門口，乘上公車，前往圓山站。

雖然不到人山人海的程度，但不愧是平安夜，受到濃厚聖誕氣息感染的市集，吸引了許多遊客。裡頭不乏像我們這樣的學生，還有父母帶著小孩，穿著皮鞋的成年人，以及不同年齡的情侶。

從遠處就看得見市集入口的燈群，像是從山巒眺望溪谷中的歐式小村落一樣，散發祥和的氛圍。

「哇……好美……」

我不自覺感嘆。總覺得不管看幾遍，我都會產生同樣的感想。不曉得是不是只有我這樣，聖誕節會讓人心生憧憬。大概是受流行文化影響的緣故吧。

只可惜臺灣不會下雪。但或許就是因為不存在，人們才會尋求相關的事物，想要從中填補缺憾。

正因為難以取得，人們才會嘗試透過各種方法去觸及。

就像我們一樣。

屬於我們的聖誕節。

屬於我和他的聖誕節。

在我心中，我最想要度過的聖誕節，是什麼樣貌？

「那個看起來不錯耶。」

「要去看看嗎？」

在我思考的同時，有人已經用行動去落實想像。我跟在他們後面，走向一攤像在賣月餅的攤位。

靠近一看，才發現那不是月餅。餅皮表面的紋路並不工整，顏色也有深有淺，與其說是月餅，更像是被烤熟的冰淇淋餅乾。

老闆一看見我們，便熱情地招呼我們試吃。只見他拿起刀子將其一分為二，隨即窺見裡頭的真面目。

黑紫色的餡料。嚴格來說，是外圍如芋泥的東西，包裹著中心黑色的半固體。經老闆介紹後，才知道那是裹入法國苦甜巧克力的芋泥餅乾，入口綿密，芋泥的甜味與巧克力的甘苦達到完美的協調，後來我才發現外層還有撒上花生粉，讓口感更上一層次。

「請給我三個。」

小紫豎起手指，買下三顆巧克力芋泥餅，分給我和小左。我們一邊吃著這特別的點心，一邊在人潮之中前行。

天色漸沉，有種空氣愈來愈稀薄的錯覺，大概是因為這時間又聚集了更多遊客。

「好，接下來輪到嗚了。」

「啊？」

吃完芋泥餅後，小紫邊擦嘴巴說道：「剛才是我決定，接下來輪到你想要吃什麼了。」

「什麼時候訂下這種規則了？」

「考量到三個人的金額以及入口的滿足程度，還要加上異國情調的適量點綴，可沒想像中容易喔？」

「所以我說哪來的……唉。」說到一半，小左還是認命地嘆氣，開始四處張望。

他總是被小紫吃死死的。不過我有點羨慕這種看似由某一方主導的關係，感覺很穩定。

「待會就輪到小夏囉。」

「哦～交給我吧！」我故作態勢地弓起手臂，精神飽滿地回應。

後來，為了想要化解還殘留在喉嚨的甜膩，小左嘗試尋找飲品類的商品，沒想到幾乎都含有酒精。後來我們才知道，這個市集的別稱又名飲酒生活節，賣的自然多是熱紅酒、氣泡酒或啤酒這類的酒精飲品。

不能喝酒，不喝點東西也不是辦法，最後小左決定去附近的便利商店買飲料，我和小紫則留在原地等候。我們挑了一個相對遠離人潮的花圃區，沿著石牆坐了下來。

剛才都身處人群之中，像這樣從側面眺望，就有種從那個世界脫離出來的感覺，讓人感到格外安心。我果然還是喜歡安靜的地方。

「小夏。」耳側的聲音傳來，讓我轉過頭去，直面那白皙臉蛋。「妳還好嗎？」

「咦？」突如其來的關心，讓我錯愕了一下。

「覺得妳今天好像有點心不在焉的。」她用彷彿能看透厚重玻璃的眼神注視著我，讓我覺得喉嚨深處有點癢癢的。

「有嗎～啊哈哈。」

「身體不舒服嗎？」

「沒有沒有，我好得很！」我雙手在胸前揮舞，彷彿要驅趕疑慮。

小紫沒有接話，只是用柔和的目光盯著我，露出淡淡微笑，反而讓我撇開視線。

「……怎麼會這樣問？」總感覺這種問法就像在承認自己心有所思一樣，但察覺時已經來不及了。

「如果是平常的小夏，大概會第一時間衝向有草莓的攤位吧？剛才至少有兩間類似的攤販喔。」

「咦……」真的假的，我完全沒發現。看來我比想像中還要不上心，明明是難得的平安夜。

與此同時，像是漸漸浮出水面般，心底深處的某塊輪廓被逐漸勾勒出來。

「妳覺得怎麼樣？」

「什麼？」

「聖誕節。」

她注視著前方的人潮，琉璃色的眼眸反射著近似水藍色的光輝，在黑夜裡舞動。老實說，雖然認識很久了，她的問題有時候讓人很難一時答上。

我思索一會後，開口回答：「很溫暖。」停頓了一下之後，又繼續說：「而且有點模糊，跟遙遠。」

「……這樣啊。」

她既沒有認同，也沒有否定我的話。只是像海綿一樣，靜靜吸附傾倒的水。

我喜歡她這種地方。彷彿被不纏身的水霧拂過身體，有股淡淡的舒適感。如果我們現在正坐在陽臺的躺椅上，眺望某片星空，有乖巧的蟲鳴和月色作伴，我們應該可以聊到天亮。

最好還是穿著浴衣，剛泡完澡的狀態。擔心頭髮沒吹乾會不會著涼，但還是笑著假裝沒這回事，屋內閃爍的聖誕樹會替我們把頭髮吹乾。

只可惜今天不是這樣的夜晚。

我甚至可能親手摧毀那難得的夜晚到來。

心底逐漸浮現的輪廓，正如指針倒數般迫使我做出決定。

我想度過的聖誕節……我最想與之共度的聖誕節……恐怕此刻在我心底的答案，不包含眼前的她。

在我意識到自己的想法時，忽然有種黏稠噁心的感覺撞擊我的胃部，我強忍著將那感受壓抑住。

我重新調節呼吸，嘗試使自己穩定下來。

「小紫。」

然後呼喚她的名字。

「待會的晚一點，我可以把小左借走嗎？」

即便如此，我還是想真誠對待她。我不想在彼此渾然不覺的情況下，做出越界的舉動。

「…………」

小紫依舊望著前方，沒有回話，但我隱約感受到她的呼吸有一瞬中止。

而後她輕輕眨眼，整個人才又像是回過神來般。

「這種事……」

「——妳們在這裡啊，怎麼不看訊息？」

小紫說到一半的話，被眼前的身影打斷。小左買完飲料回來了。他大概是找我們找了一陣子，氣息有點凌亂。看向手機，確實有他發出的通知。

「給。」他沒有察覺我們的異狀，分別將礦泉水以及草莓奶茶遞給我們。

「謝謝。」小紫若無其事地起身，拍拍大衣，朝我伸出手。「走吧，小夏。」

我握住那有點冰冷的手，站起來後，那隻手並沒有鬆開，而是就這樣一直牽著。

「小紫……？」

「很久沒有這樣了，機會難得，稍微放個閃如何？」

她的話語沒有任何雜質，彷彿真心期望這麼做。我也從掌心逐漸傳遞過來的溫度中感受到一點想哭的感覺，點了點頭。

那之後，我們逛著市集直到天邊再沒有沾染一點藍，只剩笑聲和頭頂的燈飾支撐起那片夜色群青。

時間來到大約晚上九點。

臺北都市的活力延綿不絕，即便到了這個時間，市集的人潮也沒有退去，反而有種更加熱鬧的感覺。

然而再明亮的燈遲早會熄滅，人終究會回到自己該回去的地方。夜晚再怎麼長，總會迎來黎明。

我們的夜晚，也沒辦法任性地無限延長下去。

伴隨和我們一同離去的零散腳步，我們來到捷運站入口前的廣場。

我們三個住的地方離得很近，所以回家的路線基本一致。與從學校出發不同，回程時搭捷運比較順路，所以我們打算這麼做。

那之後，我無數次回想，假如我們就這麼順利搭上開往象山的班次，也許接下來的一切都不會發生。然而事後的一廂情願無法扭曲過去，只會徒增後悔。

就在我們即將進入捷運站閘門時——

「啊。」

小左突然回想起什麼，停住腳步。

「我把便當袋忘在便利商店了……」

「你這冒失鬼。」

「抱歉。」他將手舉在鼻子前。「看妳們要等我還是先回去都可以，我去去就回。」

說完，小左就這樣轉身快步離開，消失在視野邊際。

「…………」

看著他逐漸遠離的背影，周圍的一切忽然安靜下來，像是驟然沉入深沉的海底。所有聲音被吞沒，只留下響徹耳骨的心音。

胸口在悸動。

手心不自覺冒出汗來。

腳底傳來不安分的刺癢感，以及剛才話語的作祟，令我不禁想要踏出腳步。

這幾年來積累、堆疊的心意，在這一刻悄悄突破極限。

全身的細胞都在告知迫不及待想前往那個人身邊的心情。

可以嗎……沒問題吧……？沒問題的，我已經準備好了，不會輸的……這一次一定可以讓你好好看著我。

彷彿在與書包裡的那份原稿對話，校對彼此的心情與覺悟，我的內心逐漸張狂。

終於趕在今年結束前完成了。六年來積累的成果、注入的心意、耗費的時間，沒人看得見的汗水與淚水，我都保存得很好。

我所打造的、希望不輸給小紫的故事。

不會輸的。我的故事也可以感動那個人。更重要的是，希望他能正面承接這份心意。

我要告訴他，這樣的我也做到了。

我不再是那個只受恐懼驅使，膽小又懦弱，只能靠別人保護的柳夏萱。

這次，輪到我來創造只屬於我的故事。

「——！」

原本懷抱的不安的心情，在此刻化為翻湧的激昂，使我的身體前傾，陡然踏出那一步——

而後手腕傳來緊縮的力道。

回過頭去，映入眼簾的是小紫漂亮的雙眼。那是我沒見過的表情。

她用一種彷彿要哭出來的真摯目光看著我，眉頭失去了平時的從容，嘴脣微啟，有什麼澎湃的情感隨時會爆發。

可是——

「對不起，小紫。」

就讓我任性這一次吧。

我甩開她的手，向前奔跑。

我感受到原先停滯的空氣，開始流動。

我沒有回頭，總覺得一旦回頭就會停下來了。所以我不能停，我不能讓這六年來的心血白費……我……我必須試試看才行！

就算是只會蹲在沙坑哭泣的我，也想將夜空染成繽紛的銀河。

「——小左！」

我在馬路另一端看見他的背影，他聽見我的呼喚後轉過身來。

他現在只看著我。等等我。我馬上就過去。

雙腿彷彿脫離自己的掌控，我以最快的速度往前奔馳，穿越人群，不顧擦撞誰的肩膀，直衝路口，往臺階下的柏油路跨出一步。

就在我回過神來，才發現——

原先被封閉住的這個世界的聲音，於瞬間化作洪流襲向我的大腦。那是刺耳又令人感到心驚膽跳的劇烈噪音，讓我意識到近在咫尺的白光直打向我的眼底深處。

無法反應……或者說來不及反應，我的身體早已脫離重力的束縛，停留在空中，時間彷彿靜止一般。

下一秒——

——砰！

第一次聽見的詭異聲音在我腦後響起。

腦後？為什麼是腦後？

咦……發生了什麼事……

我的眼前一黑，身體劇烈晃動，手肘與右半身同時感受到粗糙的摩擦感與灼熱。

在劇痛襲向知覺之前，耳畔率先響起尖叫聲。就像電影裡毫無真實感的配音。

接著我看見了，他驚恐的表情。他像是要抓住什麼般顫抖著抬起手，並往前踏出一步，膝蓋卻好像被木樁釘在原地無法動彈。

我這才終於循著他的視線往身後看去，然後——

發出了連自己都認不得的哀鳴。

原先漂亮的紫色長髮染上了鮮豔的暗紅色。雪白的大衣猶如急遽凋謝的白玫瑰，墜入彼岸花海。

倒在血泊之中的她動也不動。距離五公尺的位置停著一臺汽車，車上的駕駛下了車之後嚷嚷著我根本聽不懂的話。行人聚集，有人來到我身旁，聲音只像打在沙灘上隨之破碎的浪。

我渾身不住顫抖，從心底翻滾的恐懼、噁心，彷彿藤蔓一般從身體中央往軀幹及大腦蔓延，占領全身的血管。

最後是侵蝕腦神經、有如劇毒般的內疚，讓我幾乎要把頭髮扯下來，自口中發出不成聲的吶喊——

那年冬天依然沒有下雪。

卻降下了讓我一輩子都忘不掉的，如雪般的豔紅。

——……

我吐出一口深沉悠長的嘆息。

輪胎的摩擦聲喚醒沉睡的時間，讓周遭的景象恢復流動。夜色包裹著無數明滅燈光，最後像是流星一般帶往遠處。

我的記憶卻像是恆駐夜空的月亮，缺損的部分永遠存在，提醒我別想遺忘。

我不會再忘記了。

這是我必須背負的罪孽。為此，我必須再見上妳一面。我不允許妳擅自用這種形式出現，又擅自消失。

這是從我開始的任性，必須由我親手結束。

無論用盡什麼手段，我都要把妳帶回來。

我默默握緊掌心，抬頭看向身邊那個被我深深傷害過的他。

「小左。」

他緩緩轉過頭來，與我四目相對。

對不起——那不是現在該說的話。我想說的全部都說了。此刻所有為了自己傳達的話語，都是徒勞且無用。

得用行動證明才行。

這不是為了我，而是為了他們。

「——我們去拯救小紫吧。」

我微笑著這麼說。

窗外的烏雲蓄勢待發，彷彿要洗淨這座城市。

第七章　響徹黑夜

空氣挾帶寒冷的潮氣，吹襲乾燥的雙眼。

乾枯的枝枒，剝落的欄杆，焦糖色的磚瓦。所有景色被覆蓋上一層黯淡的灰，顯得毫無生氣。

我與柳夏萱在目的地下車後，從校門口往內探。燈開著的警衛室空無一人，大概是去巡邏了。仰望面前六層樓高的校舍，熄燈的校園散發著與平時印象截然不同的氣息。

再度確認周圍沒人之後，我們從柵欄側邊的縫隙悄悄溜了進去，避開穿堂，沿著環校道路前進。

啪嚓——

腳下的落葉發出格外刺耳的清脆細響。尚未適應黑暗的眼睛，跟隨著步伐小心翼翼地擺動。

白天充斥綠意的校園，到夜晚化身搖曳的鬼影，使神經愈發緊繃。張牙舞爪的樹牆，竊竊私語的雜草，遠處發出沉吟的烏雲，作祟的想像。

原來熟悉的場所，也能令人如此心神不寧。

不過，仍然必須前進。

紫泱有可能就在這裡。不，我們相信她會在這裡。

三人重逢的地點，留下最多遺憾的地方。我們原先應該共度的未來，都停在了這所高中。

我們移動到第一教學大樓的側邊入口，學務處燈還亮著，走廊上卻不見人影，只有延伸到盡頭的黑暗。

我左右環顧，以眼神示意柳夏萱，相互點頭後，便朝漆黑的校舍內部前進。

明明是在校生，卻做出跟小偷一樣的舉動，心裡不自覺湧現一股刺激而新鮮，這種不合時宜的情感。

平時視為優點的大面積校舍，在此刻成為了絕佳的絆腳石。視線不佳的夜晚因為烏雲顯得更加難以視物，還有隨時撞上教官或警衛的風險，難度大幅提高，就不提對方還是個幽靈了。

最後我與柳夏萱決定分頭尋找，以效率為第一優先。

分開之後，我往圖書館的方向前進。她生前最喜歡待的地方。只要在教室找不到她，有八成機率能在這裡的角落發現她。脫離團體的步調，按著自己的節奏學習，對她來說意外重要。

在校的圖書館頗為寬敞，橫跨二至四樓的空間，從窗外朝裡頭望去，與陰影為伍的暗褐色木櫃，看上去有些毛骨悚然。

果不其然，門和窗戶都都上鎖了。不過大概是沒預料到會有人不要命地跨過側邊護欄，冒著可能墜落一樓的風險也要闖入，我從唯一沒有上鎖的窗戶溜了進去。

由於門窗緊閉的緣故，室內異常溫暖，換言之就是空氣不流通。如果有人在這裡，老實說挺嚇人的。我稍稍鼓起勇氣，在二樓搜索了一圈後，沒有發現紫泱，於是便往上一層前進。

打著手機手電筒探照階梯，一路上到三樓，穿過並排的老舊書櫃，來到設有桌椅的自習區。

從眼前的落地窗望出去，可以看見榕樹群與操場，也就是校慶那天柳夏萱向我告白的地點。要是當時紫泱在這裡，大概全程都被她看光光了吧。

……總覺得不是沒可能。

我轉頭望向室內，手撫著冰冷且光滑的木頭桌面，往最角落的座位看過去。

紫泱靜靜地坐在那裡讀書。

她低垂著雙眼，細長的睫毛隨著轉動的眼球輕微抖動，沉浸在書香世界。我朝她走去，她靜靜抬起頭來，朝我露出「你來啦」的微笑。

「嗚，你知道嗎？只要大約一小時，我們就能從沙灘走到海平線盡頭哦。我們認為很遠的地方，或許沒那麼遠。」

「……嗚，你能想像電影演的都是假的，實際上恐龍身上全部長滿毛嗎？」

「欸，嗚，你有想過說不定我們就生活在黑洞裡面嗎？只是我們渾然不覺，以為外面的世界就是宇宙。」

「如果可以決定死前要去的最後一個地方，我想去一個一旦踏入就無法回頭的地方。嗚，你要不要也一起來？」

大概是書讀太多的緣故，或者說太無聊，她很喜歡探究一些平常人不會在意的未知事物，提出一堆奇怪的假設。

「最後還不是沒找我。」

我無奈地對著空無一人的座位呢喃，抹去往昔的回憶。

看來不在這裡。

我離開圖書館，回到走廊，思索下一個可能見到她的地方。

到她的班級看看吧。

我們三人高一散落在不同的班級，因此時常有機會到各自的班級串門子，雖然多數時候是柳夏萱先來找我，會合後再一起過去她的班級。或許會在那裡。

位於第一教學大樓四樓的一年十一班。我來到這個一年前還屬於我們活動範圍的場所。明明都身處同一所高中，像這樣走在許久沒有經過的走廊，觀看相似而不同的景象，心中還是不免泛起一股懷念。

嚴格來說，紫泱還是一年級吧，畢竟少了我們一年。這麼一來，她是不是應該叫我一聲學長？想著這種無關緊要的事，我來到教室前門。

果然也是上鎖的。這次就沒那麼好運，沒能找到忘記上鎖的窗戶，只能從教室外頭往裡面探視。

教室內的桌椅排列整齊，原先屬於她的座位早已不是她的座位，桌面擺放著不認識的人的鉛筆盒與水杯，像是玩過大風吹。

大概就像這個樣子。我們都被迫被時間推著走，曾屬於我們的東西也會不斷交棒給接下來到來的人們。

等到明年升上高三，我們又會換一座校舍，坐著學長和學姊坐過的椅子，學習他們苦惱過的科目，然後閉門苦讀，填寫未來志願，最後畢業。

光想就是個枯燥的一年。以往都不會想到這種事，或者該說，過程本身就是無趣的，但讓人有辦法走下去的往往是一起走在那條路上的人們。

不曉得紫泱還在的話，會用多麼游刃有餘的態度在一旁看著我和柳夏萱，輕鬆指導我們不會的題目。搞不好，她又再一次選擇和我們一樣的大學。

不，不管怎麼說，三個人要考到同一間大學也是不可能的吧……我苦笑著這麼想。

此時，耳邊傳來細微的腳步聲。

「……！」

我回頭朝轉角的走廊望去，沒看到人影，緊接著更加確實的踏步聲從樓梯間傳來，但似乎與剛才的聲音略有不同。

有人在靠近。從踩踏的頻率與力道聽起來不像是柳夏萓。會是紫泱嗎？……不，腳步聽起來有點蹣跚。

總之得先躲起來。我迅速鑽進一旁的男廁，把門關上，不料卻踢到門邊的垃圾桶，發出「咚哐」的響亮聲響。

「誰在那裡？」

近在轉角處的沙啞嗓音，是我們學校的老警衛。叩叩的腳步聲與腰際鑰匙的金屬碰撞聲交互奏響。

哐啷、哐啷——

彷彿警鈴一般，步步逼近，光源從門縫刺進來，隨著尋找的視線漸強漸弱。他打開第一間的廁所門，而後鬆手，發出門與門框相撞的巨響。

接著是第二間——砰咚，令人汗水直冒的撞擊聲與第一間門板反彈的回音混雜在一起，讓心跳變得更加紊亂。

哐啷、哐啷——叩、叩、叩——

來到了我所在的第三間。

門板朝我推進，原先沿著門縫聚集的光束一下子發散開來，刺眼的光線照亮視野，眼看就要打在我身上時——

「在這裡！」

男廁門口傳來嘹亮的聲音。

彷彿刻意要引起注意一樣，那道聲響直面男廁內——也就是警衛身上。門板瞬間鬆動，大概是警衛也被嚇到了。

「……喂！」

還沒來得及反應，喊聲的人就跑掉了，警衛理所當然放棄檢查到一半的廁所，跟著追了出去。

我留在門內，聽著遠處傳來吶喊。

「——快點找到小紫！」

傳達的是不容失誤的使命。

敏捷與些微踉蹌的腳步聲交織遠離，混雜心跳的雜音最終消失在鼓膜邊緣。我走出男廁，已經看不見柳夏萱和警衛的身影。

似乎是往樓下去了。雖然有點擔心，但我想柳夏萱大概沒問題，以她的運動神經老警衛追不過她，在被教官發現之前也有機會躲起來。

只是被發現仍是遲早的事，我們已經沒有時間了。

我抬頭望向烏雲密布的天空，夜晚又更深了。暫時沒辦法搜索低樓層的區域，只能往上走。

還有哪裡能去呢……

天邊傳來低沉的雷鳴，些微的溼氣順著晚風拂過瀏海。是隨時會下雨的徵兆，我想起來還有個地方沒去。

那天也是和現在一樣的天氣。

有個人等著我去發現。

於是我懷著篤定的直覺邁開腳步，朝頂樓前進。

厚實的腳步聲踩著臺階向上，轉過五樓樓梯口後是無光的迴廊。我持續向上，最終停在頂樓門口前。

門是上鎖的。與我們重逢的那天不同。仔細想想，這才是正常狀況，為了避免意外發生，平常的學生在未經准許的情況下，根本上不了頂樓。

是啊，若是平常的學生。

剛才警衛的鑰匙聲讓我想起了某件事。

我轉過身，朝斜後方的牆角走去，蹲下身子。因為視線不佳，我憑著印象在平滑的地面摸索，直到摸見某個粗糙突起物。

指尖稍微發力，一小塊地磚隨之被我扳起，指尖傳來冰涼的觸感，我順著輪廓把它撿了起來。

是一把鑰匙。

是紫泱不知道從哪弄來，並藏在這裡的鑰匙。如果帶在身上被發現就無法撇清，放在這裡就跟我沒關係了——她用如此像是詭辯的理由對我說道。

那之後，我們時常——多數時候是她硬把我叫來，我們會待在頂樓聊天。她依舊愛說些不著邊際的話，偶爾分享自己的新作，而我會讓她看我新畫的插圖。兩人的話語乘著微風飛往遠處，融化在廣闊的天際。

我將鑰匙插進鑰匙孔，打開頂樓門扉。強勁的夜風吹來，拂亂瀏海，我險些被吹得倒退一步。

我半睜著眼仔細環視周圍，希望能從心底湧出的預感之中，尋找到思念的人影。

可是……

依然不在這裡。

寬廣的頂樓上，只有呼嘯而過的冷冽，與被夜晚染色的粗糙地面。

我不死心地繞了一圈，繞到入口另一側，看看她會不會在那裡，卻沒找到任何人。

「……泱。」

我下意識呼喚她的名字。

八年的時光，無數角落都存在與她的回憶，卻找不到她真正的身影。一個月前的重逢，讓原本停滯的時光再次流動，然而根本還來不及意識到，又即將再次靜止。

我找不到她。

她不在這裡，也不在那裡。

假如我就這麼永遠找不到她，到時候會變得怎麼樣？當午夜來臨時，她會就這麼從我的生命中徹底消失嗎？

我會抱著這份無法填補的缺憾，度過剩餘的高中生活，迎接畢業，然後上大學、出社會……催眠自己，假裝一切都沒有發生過，就這麼任由她的存在逐漸在記憶裡黯淡，最後真正地遺忘嗎？

思及此，就讓我渾身戰慄。

我不敢再繼續想下去。不敢想像紫泱的存在被完全抹殺的過去以及未來，還有那活在幸福假象中的自己。

噁心感在胃底翻騰，我摀住嘴巴，想阻止那份黏稠的情感。就在我這麼做的時候……

耳邊傳來細微的砂礫摩擦聲。

我睜開雙眼，往四周張望，風景依舊沒有變化。往入口處望去，也沒看見柳夏萱或是警衛的人影。那麼聲音是從哪裡來的？

不如說，那道聲音很近。有點像是剛才在廁所附近聽見的腳步聲。

「……泱？」無法確定聲音來源的我大聲呼喊：「是妳嗎？妳在那裡嗎？」

沒有人應答。或許是聽錯了，也可能是自己擅自產生了幻覺也說不定。

「如果妳在的話就出來！」

但是，哪怕是細微的希望，也想化作確切的真實。

「……………」

依然沒有得到任何回應。只有像在嘲笑自己的天空發出的低鳴，以及被寒風凍得有些發疼的指節。我絕望地垂下頭去，想不到任何辦法。

該去的地方都去過了，可是她就是不在那裡。也許是自己太有自信了，認為她會出現在我期望的地方。

仔細想想，打從我們一開始碰面時，她就隱藏了自己的身分，說不定連頂樓都是她引導我到這裡的，我們才會因此相遇。這樣的她，又怎麼可能會主動出現在我面前……

……等等。

主動現身？

一道電流從腳底竄向大腦。

因為急著找到她，我忽略了某個淺顯易見的事實。某個只要好好思考就能得到的答案。

也許，不是我找不到她，而是她刻意躲了起來？畢竟現在的她確實能做到這種事。

方向從一開始就錯了。這不是捉迷藏，抱著想要找到她的念頭盲目地尋找當然不可能成功。

面對選擇對我和柳夏萱隱瞞一切，不惜回到我們面前也想完成某些事的紫泱，我們該做的不是找到她，而是引誘她。

讓她願意主動出現在我們面前，唯有這樣才找得到她。

夜晚消失的幽靈。

如果說……我緩緩起身，再次緊握拳頭。

也許又是錯的。

可能猜想又會落空。

可是，因為有妳，我才找到了目標，才有辦法試著相信自己。相信自己能追上妳的腳步，為妳獻上那幅畫。

假如我不這麼做，一定無法持續前進。

所以，我要繼續相信這樣的自己。因為相信妳，而選擇相信我的自己。

妳一定就在那裡。

我筆直朝著前方——空無一物的頂樓邊緣，當初紫泱在我面前墜落的地點，毅然決然踏出腳步。

心情意外地平穩。

這是明確知道自己該怎麼做，並實際採取行動時會擁有的心情。明知有可能失敗，卻不會去在意，只是全心全意地注視目標，執拗地相信那百分之百的機率，猶如化身一名賭徒。

我回想起了當時決定成為插畫家的自己。

我持續邁出腳步，距離頂樓邊緣還有五步。

四步、三步……

兩步……

剩下一步——

「——嗚！」

就在我即將從幾十公尺的高空墜落時，身後傳來呼喊。

視野一晃，我及時拉回右腳。

差一點就要跟這個世界說再見了。

站穩腳步，我靜靜回過頭去，然後——想見的人就在眼前。

隨風飛舞的紫色長髮，雙手舉握在胸前，她露出脆弱的表情。

「好久不見。」

看著她，我發自心底說出這句話。

「泱。」

真的好久不見。

「…………」

她沒有回話，而是緩慢放下雙臂，微微低下頭。

「……你這個笨蛋。」

聽見她的指謫，卻沒有被罵的感覺，只有一股淌過胸口的暖流，以及隨之而來不穩的失重感。

──咦？

等意識到的時候，一陣強風打在我身上，使我的身體向後傾倒。我失去重心，只能眼睜睜盯著紫泱，任由身體朝後方墜落──

──啪。

掌心傳來厚實的觸感。

飛舞的紅色馬尾映入眼簾，柳夏萱身體臥地，半個身子懸空在外，用雙手緊緊抓住我的左手。

「咕唔……！」

柳夏萱顯得很痛苦，光是不讓我掉下去便使盡全力。我的手心冒出的冷汗卻加劇了情況的惡化。身體在逐漸下沉。

「嗚，抓住我！」

另一道聲音即時從柳夏萱的左側傳來，紫泱拋出手上的一塊布料──我的亞麻色毛衣，讓我的右手抓住它。

我將全身的重量確實託付在眼前的兩名少女手裡。

「哼呃嗯嗯嗯嗯——————！」「嗯嗯…………！」

她們使出渾身的力氣向後拉，讓我的手腕終於超過建築物邊緣，我以手肘攀附水泥，終於爬回頂樓。

「哈啊……哈啊……」

真的是鬼門關前走一回。

我俯撐在地，心臟蹦蹦直跳，大口喘氣。「謝、謝謝妳們……」我邊說邊抬起頭，隨之一道黑影閃過眼前。

——啪！

右臉頰傳來刺痛感。

柳夏萱的手舉在空中，賞了我一個巴掌。

「超級大笨蛋！你到底在幹麼!?」

我先是略感詫異地盯著第一次動手打人的兒時玩伴，接著意識到自己確實做了一件魯莽的事。

正當我打算開口道歉時——

「小夏，我也要。」

「好。」

——啪！

這次換從左臉頰傳來刺痛感。柳夏萱代替紫泱再賞了我一巴掌，她還特地換手。

沒料到會被連續賞兩個耳光，現在不應該是感人的重逢嗎？想著這種無謂的事，疼痛逐漸轉換為對現實的認知，我來回看著兩名兒時玩伴，她們也互看彼此，露出了微笑。

「又見面了呢。」

紫泱輕輕開口，半垂著眼瞼，以柔和而帶感傷的語氣這麼說。

「嗯，終於見到妳了。」

柳夏萱溫柔地回應，撿起地上的毛衣站起身，繞到紫泱身後。

「小夏？」

紫泱跪坐在地，疑惑地偏過頭去，只見柳夏萱將毛衣延展開來，在紫泱身上繞了一圈，最後用袖口緊緊打結。

「妳在擔心我逃跑嗎？」

「這還用說！」柳夏萱理直氣壯地回應，手用力握著打結的尾端，像在囚禁犯人。

「放心吧，都演變成這個樣子，我不會再逃跑了。」

「我才不相信，小紫是大騙子！」

「咦……」紫泱露出苦笑。「完全失去信任了呢。」

「在小紫沒有清楚交代一切之前，我不會放妳走的！」柳夏萱像是要宣示自己的決心，抬起自己緊握毛衣的手。

「就說了我不打算逃跑了嘛。就算我真的想逃，那傢伙也不會讓我這麼做的。」說著，紫泱將眼神瞄往後方，我與柳夏萱循著她的視線同時往頂樓入口望去，窺見了某道躲藏在門後的人影。

眼見自己的存在曝光，那道人影無奈地聳了聳肩，輕笑著走出門口，靠在門框上。

「真是的，就不能好好讓我待著嗎？」

不久前才見到的那個人——何又雲出現在我們的視野裡。

「你還有臉這麼說。」紫泱忽而轉以不悅的口氣，面露不滿又帶有一絲怒意的眼神。「你背信了我們的約定。」

「我可沒有使用力量喔，都是他們靠自己回想起來的。」

「肯定是你在暗地裡搞鬼吧？」

「怎麼這麼說，我可是有好好按照妳說的做耶？非但沒有感謝還擺出這種態度，有點傷人呢。」

「……」像是自知理虧一般，紫泱沒有選擇繼續接話。

「小紫……何又雲？你們在說什麼？」

柳夏萱疑惑地來回望著兩人，我也將視線落在她身上。與我們對望後紫泱淡淡地嘆了口氣，猶如放棄掙扎般說道：

「那個人，不是你們以為的那個人喔。」

「咦？」

「之前說借住在他家裡的事，也是騙你們的。」

……果然是這個樣子。

「小紫，這是什麼意思？」

「在此之前，妳應該有什麼要跟我們解釋的吧？」

「……總有種被欺負的感覺，不過這是我自找的……對吧？」

她輕輕笑說，又往何又雲那邊瞥了一眼，像是在告誡他不要多話。

「那麼，該從哪裡開始呢？」

「……為什麼小紫妳要繞這麼一大圈？」率先發話的是柳夏萱。想必我們都擁有相同的疑問。

以恢復心跳為名義，委託我協助她，希望使她與柳夏萱成功交往。我們已經知道這是個謊言，只不過沒想到她又撒了第二個謊。

換句話說，她從一開始就不打算與任何人交往。

既然如此，她這麼做的真正理由到底是什麼？

或許我隱約已經猜到了。筆電裡的那份檔案，間接揭露了紫泱的心意。

「在我電腦裡的那篇故事，是妳之所以這麼做的原因嗎？」

紫泱像是有些訝異地眨了眨眼，而後露出了然於心的表情。

「被你找到了嗎？沒想到會這麼快。」

「多虧了萱。」

標題為《For Dearest》的故事。被宣告僅剩一個月壽命的女孩。

故事中的主角，就是小時候的我們。她以故事中角色的行動，說明了自己希望的發展。

「妳是為了我們才回來的，對吧？」

並不打算遮掩或辯解，她靜靜闔眼，猶如默認一般。

「故事裡提到的一個月，也是妳真正的時限，就在今天午夜。我沒說錯吧？」

「沒錯哦。你變聰明了呢，嗚。」

也因此她才會記得二十八天這種不自然的數字。

「只是因為妳都隱瞞起來而已……」我露出感到苦澀的表情。現身在我面前，她打

轉入我們的班級，與柳夏萱交往的委託，為期一個月的時限。這全部的全部，她打

從一開始就不打算告訴任何人。

除了唯一的一個人。

我將視線轉往頂樓入口，想起最初見面時，從她嘴裡吐出的具有脫離感的字眼。

「何又雲……就是妳提到的『神』吧？我會自認為與他是要好的朋友，也是他捏造的記憶。」

「咦……咦咦——！」柳夏萱訝異地眨了眨眼，隨即想通了什麼。「所以剛剛才會……！也就是說，是他讓小紫回來的嗎？」

紫泱看向柳夏萱，淡淡微笑道：「是啊，這是當初與『祂』談好的條件。假如我能在一個月內恢復心跳，就能死而復生，重新回到你們的身邊。」

「……！」柳夏萱倒抽一口氣，接著用近乎責罵的態度發話。「既然這樣，為什麼小紫妳還……！」

為什麼要躲起來？為什麼不告訴我們真相？

——為什麼不打算回來？

柳夏萱充滿感傷與不解的眼神傳遞出這些訊息。

「……」

紫泱微垂眼眸，一時半刻沒有出聲。

「我是一個將死之人。」

幾秒之後，她靜靜吐出這句話。

「不，應該說，我已經死去一次了，不過是運氣好能再見上你們一面而已。」

她露出了令人感到心疼的表情。然而在這張表情背後，似乎還隱藏著些什麼。是她沒有全然透露的祕密。

回想起一個月前，與她重逢並受託幫忙時，她並沒有說明有關於時限的事。為什麼遺漏了這個資訊？是不小心忘了嗎？不……這麼重要的事不可能忘記。若是她當時透露了這個訊息，我肯定也會採取相對應的做法。

然而她並沒有這麼做。

換句話說，她不希望這件事發生。她打從一開始就打算犧牲自己。

「犧牲自己……」

對了，我怎麼會沒有想到這件事。

死去之人能夠重回現世，本身就是一件違反常理的事。只不過今天藉助「神」的力量，讓這件事化為可能。

在期限內完成條件，便能夠復生，那麼相反呢？

豐碩的果實需要足夠的養分灌溉，需要付出與之相對應的代價。那麼讓死去之人重回現世，需要的代價是什麼？

之所以不提及一個月的時限，也是因為容易使人往那方面去聯想。恐怕我們會忘記紫泱，也是基於相同的理由。那是屬於代價的一部分。

「泱……」

理解到這個道理的我，戰戰兢兢地開口：

「告訴我，假如待會午夜一到，妳沒有成功恢復心跳……到時候妳會怎麼樣？」

一滴冷汗自臉頰滑落，我注視著紫泱的雙眼，等待答案。

只見她擺出「露餡了嗎」的表情，闔上眼睛，啟脣道：

「我會被世人徹底遺忘，永世不能超生。」

「——！」

我與柳夏萱雙雙面露驚詫的神情。等話語傳進耳裡，被大腦吸收理解之後，憤慨取代詫異，使胸口逐漸沸騰。

「……為什麼不讓我們知道？」

「知道又能怎麼樣。」

紫泱以事不關己的態度回應。

「這和我回來的目的一點關係也沒有。」

「……妳在說什麼？」

「剛才也說過了，我回來的目的並不是為了我自己，而是你和小夏……」

「我說的不是這個！」我咬牙怒喊，回想起幾天前走廊上的情景。「之前也是這樣，為什麼妳能置身事外到這種地步？這明明攸關到妳的生命——」

「我的生命早就逝去了。」

——！

紫泱冷淡地回應，話語裡不帶一絲情感。

「我會怎麼樣一點也不重要，重要的是你們因為我而痛苦。我是為了這點才回來的。」

她抬起頭，目視我的雙眼。目光銳利，而且懾人。

「嗚，那之後你放棄了繪圖，將自己與世界隔絕，沉淪在自己的絕望裡，忽視了自己還有身邊的人的所有感受。」

她轉而看向從剛剛就一直沉默不語、低著頭的柳夏萱。

「小夏則是放棄了自己的心意……把真正的自己掩埋，一心一意想拯救你，卻用了迂迴的方式，到頭來自己也身陷泥沼。」

「……」

我明白她在說什麼，也知道當時的自己有多麼沒用。柳夏萱一直以來的心情與痛苦，更是直到最近才理解。

確實會讓人看不下去，但即便如此……

「就算是這樣，妳也不應該這麼做——不，妳沒有資格這麼做！」我直視著紫泱，對她的擅作主張感到不平。

「那是我們的回憶……屬於我的回憶，萱的回憶，沒有任何人有資格奪走它們，就算是妳也一樣！」

「唯有這樣，你們才能不受過去束縛，自由地生活下去。」

「那樣根本沒意義，妳難道不明白嗎!?」我以近乎斥喝的音量回應。

紫泱是個我行我素的人，但絕不是不通情達理的人，更是我們之中腦筋最靈巧的人。正因如此，我不相信她會愚笨到這種地步。

正因為深知她不可能不明白，我才會感到如此無力且憤慨。

此時，如同要呼應直衝腦門的高溫，積蓄到極限的雷雲發出震耳欲聾的低吼。沒過多久，肌膚感受到化開的沁涼。

伴隨著撕裂夜空的閃光，天空降下大雨。

厚重雨幕打落在我們三人的身上，包含紫泱在內。

暗紫色的秀髮被濡溼，染成灰暗的留紺色，她的表情卻遠比那樣的色彩更加黯淡。這樣的她彷彿藉機將心情藏在雨中，緩緩開口道：

「反正，很快你們就會不記得這一切……」

正當我嘗試讓這句話穿過雨水，溶入腦海之際，眼角閃過一道黑影——

朝紫泱的側臉揮了下去。

啪噠。手掌與肌膚之間發出了不乾脆的聲響。

柳夏萱賞了紫泱一記耳光。

藉由雨水的包覆，柳夏萱將自己的情感寄託於冰冷之中。

大概是沒料到會被賞耳光，對象還是自己從小的摯友，紫泱手撫著自己的臉頰，面露詫異地看向前方的少女。

柳夏萱展現前所未有的盛怒。

「——少瞧不起人了!!」

嘶吼聲劃過雨水，少女緊握雙拳怒喊。

「我才沒有妳想得那麼脆弱——！」

「……！」

紫泱睜大雙眼，愣愣地目視前方的身影。

「什麼叫作不痛苦……自由……放棄自己的心意……？這些東西根本無關緊要！」

「……小夏？」

「我從來就沒有覺得不痛苦過……」她的聲音染上冬雨的灰色，化開某些剛硬的表層。

「不論是從小時候、國中、高中……還是到那場意外。待在妳身邊，我從來沒有覺得不痛苦過！」

「……咦？」紫泱的表情僵硬起來。

「在那個當下，我甚至有一瞬間鬆了一口氣……我沒辦法原諒自己……永遠沒有辦法!!」

她的眉間與鼻翼扭曲在一塊，彷彿在訴說沉痛的後悔。

「小紫妳肯定不知道吧……我好幾次都好想直接消失。面對奪取眾人目光的妳，面對如天才般的妳，我永遠只有抬頭仰望的份。我一直都很嫉妒妳。」

就連我方才湧現的情緒也被眼前女孩的告白弭平。我看著我所不熟悉的柳夏萱。

「偷偷地寫作，偷偷地模仿小紫的言行舉止，揣摩妳的思考方式，努力想跟上妳的腳步……後來發現根本做不到。我完全追不上妳，無法變成像妳這樣的人。」

「小夏沒有必要變成我……」

「但如果不這樣的話，他根本不會看到我！」

「！」紫泱倒抽一口氣，僵在原地。

「所以我只能自己找方法，想辦法讓自己變得顯眼……在妳面前，我必須不斷努力不斷努力，才能讓自己稍微鼓起勇氣。」

她摸著自己被雨水打溼的髮梢，以自嘲的語氣望著自己的指尖。

「我留長頭髮，訓練自己的口條，加入運動社團，看了許多書還有練習……花費時間寫作，請教電影賞析社的學長姊……這所做的一切，都是為了讓自己能追上小紫……追上你們的腳步。」

像是失溫一樣，她撫上自己的手肘，顫抖著垂下視線。

「否則……我就只是個累贅而已。」

「！小夏妳才不是——」

「那為什麼！」她抬起頭面目扭曲地大喊：「為什麼妳還要用這種方式？用妳自認為對的方式讓我們忘了妳，用妳覺得應該如此的方式生活下去！為什麼!?」

「那是因為……」

「這不就是因為，妳從來沒有好好正視過我嗎！」

「——!?」

紫泱的肩膀震了一下，被雨水化開的武裝開始崩潰，她露出泫然欲泣的表情。

「不、不是的……我沒有那樣想，小夏……」

「擅自讓我們遺忘……連我努力至今的理由都要剝奪……小紫妳，覺得這樣很有趣嗎？」

「不，沒有，我沒有這麼想……真的沒有……」猶如哀求一般的姿態。袒露心聲的赤裸，讓人感到窒息。

「我沒有這樣想，也從來沒有輕視妳的意思……妳是我最重要的朋友，我只是……」

紫泱抽泣般說完這句話。

「只是……希望妳能夠幸福而已……」

下一秒，柳夏萱的雙手覆蓋住紫泱發抖的雙手。

「謝謝妳，小紫。」

「咦？」

「最後能聽到妳這樣說，我很開心。」

柳夏萱移動到紫泱面前，投以柔和的目光。

「那場意外是因為我才發生的。實際上如果當時小紫沒有衝出來，那麼離開的人就是我。是我剝奪了小紫妳的幸福才對。」

「！不是的，那是我自己……」

「所以說，我會把幸福還給小紫的。」

「……什麼？」

柳夏萱面露笑容，以真摯的口吻道：

「對不起喔，讓妳用這種方式，妳心裡肯定也背負了很多吧。」

「小夏……」

「謝謝妳當我的朋友。謝謝妳救了我。假如有下輩子和下下輩子，我也想……不，不管幾輩子我都要當妳的朋友，而且要當第一個。」

「小夏，妳在說什麼……？」

接著，她站了起來，背對我們轉過身去。

「小左，你要好好照顧小紫。」

「等等，妳想做什麼？」

沒有理會我的呼喊，柳夏萱毅然決然地朝向前方——何又雲的方向踏出腳步。

她來到何又雲面前，目光直視著他。這個舉動讓何又雲先是眨了眨雙眼，接著以玩味的語氣開口：

「怎麼了，班長？」

「讓小紫復活的條件，是恢復她的心跳對吧？」

「是沒錯。」

「用任何手段都可以嗎？」

「得看是依據什麼手段了。」

「也就是說，你都做得到對吧？」

「哼……」何又雲低吟著。「班長，妳想說什麼？」

「請用我的心跳，換回小紫的心跳。」

「！」紫泱聽見這句話後，起身衝到她的身邊。「小夏，妳不能這麼做！」

「……妳不要胡鬧了，萱。」

「不要胡鬧的人，是小左才對。」

「什麼？」

「我知道的，小左你一直以來注視的人是誰。」

柳夏萱側過臉來，投以虛幻的微笑。

「我也知道小紫一直看著的人是誰，所以答案很簡單。只要撇除多餘的人就行了。」

「妳到底在說什麼？」

我抓住柳夏萱的手腕，卻被她狠狠甩開。這似乎是我第一次被她如此強烈地拒絕。

「至少，讓我做對一件事吧……？」

面對如哀求般的祈願，我一時間不知該如何反應。

柳夏萱想要犧牲自己，換回紫泱的這條性命。讓當年因他人而得以獲救的這條性命，還到它應該去的地方。

——我們去拯救小紫吧。

她從一開始就打算這麼做嗎？

兩個人都打算犧牲自己，藉此成全對方。這種做法簡直……

「果然會變成這樣嗎？」

此時，傳來了不合時宜的愉悅笑聲。我們一同看向發出爽朗笑聲的那個男人。

只見他以像是看到有趣事物的眼神，打量著柳夏萱。

「說不定妳也很適合呢。」

沒有等到面露疑惑的柳夏萱反應，何又雲轉而朝我投以視線。

「既然兩人都打算這麼做。不如這樣吧，由你來決定。」

「……什麼？」

他露出一如往常的笑容，對我說出這句話。

「決定要由誰換取誰的性命。」

「——！」

這個傢伙在說什麼……？由誰換取誰的性命……意思是要我選擇犧牲誰嗎？

「……你開什麼玩笑？」

「欸，選不出來嗎？」

「怎麼可能選得出來！」我朝他怒吼道。

「是嗎？」他轉而投以輕蔑的目光。「你果然還是做不出任何決定。」

「什……！」

「既然這樣，只能由我來選了。」他側過身去，輪流看向柳夏萱與紫泱。「是要成全班長的壯烈犧牲，還是讓紫泱稱心如意呢？」

雨水持續打在我們身上，讓身體的溫度持續降低。

彷彿都做好了犧牲自己的準備，兩人雙雙面露相同的表情。看著這樣的她們，我忽然感覺自己離她們好遙遠。

難道沒有其他辦法了嗎？

難道只能夠犧牲其中一方，來拯救另一方嗎？真的只剩下「抉擇」這條路而已嗎？

難道沒有能夠同時拯救所有人，兩全其美的方法嗎……
紫泱因意外身亡，柳夏萱背負內疚。失去目標，失去唯一的摯友，看著別人因為自己而痛苦。
……明明我們都經歷了這麼難受的事，卻還要承受無理的痛苦，這種事太莫名其妙了。
但是，究竟還能怎麼做……

——你又打算一個人解決嗎？

忽然間，腦海閃過這句話。
彷彿護身符一般，在此時於胸前微微發光，照亮視野。
……是啊。我明白。
正因為經歷過，因為被別人拯救過，被別人提醒過，所以現在的我明白。
我不是一個人。
即便如此，如果不抉擇，依然無法繼續前進。
以現實當藉口，害怕失敗而不去挑戰，溫吞地度過每一天。我已經不想再過這樣的生活了。
不想再辜負她們兩人的心意了。

假如這個世界如此不講理，那就起身對抗它。

即便是險中求存，也要義無反顧地踏進去，走出自己的生路。

如同眼前的兩名少女曾做過的事。

所以我要抵抗。不論對象是命運，是挫敗，是明天，還是神明，我都要把它們通通擊倒。

我還沒完成我們的約定。

在此之前，我不會輕易放棄。

「我說。」

靜靜地，我朝向男人的面說道。

「你的目的是什麼？」

何又雲瞥了我一眼，嘴角微微勾起，像是看見了什麼有趣的事物。

「眼神變了呢。」

「為什麼要幫助泱？」

「少年，這與你無關。」

「你剛才也說了，說不定萱也是適合的人，這是什麼意思？」

「我說了，這件事跟你沒關係。如果你沒辦法做出抉擇，那就由我來代勞。」
「誰說我沒辦法做出選擇的？」我嘗試以挑釁的口吻道。
「哦？」像是終於勾起興趣，他轉身正面對我。「那麼，你打算選擇誰呢？」
我看了一眼紫泱以及柳夏萱，平緩地吸一口氣後，說道：
「我選擇我們三個。」
「嗚……？」「小左？」
「這是什麼意思……難不成，你們要一起到下輩子去嗎？」他笑著回答。
「在這之前，我能問一個問題嗎？」
「你說。」
「與生命等價的東西，除了生命還有什麼？」
「嗯……這可難說，依據不同的情境與條件，可能會產生不同的答案。」
「例如時間？」
「以及記憶。」
我像是要從他的話語中印證些什麼，試探性地詢問。
「所以泱才有辦法以被眾人遺忘一個月為代價，回到這裡嗎？」
「那得取決於那份『遺忘』具備多少重量。而且根據條件和限制，會產生不同且相應的代價與獎勵。」
聽起來有些複雜，不過我得到想知道的資訊了。

「假如那份『遺忘』的價值足以與生命等價呢？」

只見他瞇細雙眼。「你想說什麼？」

我嚥了一口口水，再度分別看向她們兩個之後，回答道：

「如果說我想以左離鳴、紫泱以及柳夏萱，這三個人關於彼此的全部記憶作為代價，來換取紫泱的生命——這樣如何？」

「咦……」「小左!?」

我暫時忽視兩人的反應，定睛觀察何又雲。

只見何又雲愣了一下，而後聳了聳肩。「聽起來是偉大的情操，但也不過一樣是犧牲的大義吧？」

他的目光帶有犀利的質疑。

希望對方在不記得自己的情況下，也能好好活下去；就算不存在對方的回憶裡，也期盼對方能獲得幸福。

然而這只是自我滿足。

是建立在自己的犧牲上，以言語包裝，用心意粉飾，讓表面變得光鮮亮麗的自我催眠。

任誰聽到，都會如此解讀那句話吧。

只不過——

「不，我沒有要犧牲任何人。」

「嗯？」

「我們不會拋下任何一個人。」

這不是犧牲。因為不會有任何人犧牲。

「就算我們忘記了彼此，也肯定會再次與彼此相識。」

何又雲一頓，理解到我的意思，展露微笑。

「你不會以為光是這樣，就能算是等價吧？」

「那就再重來一遍吧。」

「什麼……？」

「如果一遍不夠，那就重來兩遍。如果兩遍不夠，那就重來十遍。如果十遍不夠，那就重來一百遍、一千遍。就算要把我們的記憶抹消一萬遍，我們也肯定能在不同的一萬個角落裡找到對方，並無數次成為彼此生命中重要的存在——這就是我們記憶的價值。」

我以堅定的口吻，朝向眼前的男人道：

「這樣的話，應該就足夠了吧？」

「……………」

像是沒聽懂我所說的，又像是還在嘗試理解，他沒有立刻回應我。

緊接著，他開始大笑起來。以手遮面，像是中了什麼開關般，他在這陣猖狂雨勢中長笑不止。

過了好一會兒他才止歇笑意，重新面對我。「能換我問一個問題嗎？」

「什麼問題？」

「為什麼你有辦法這麼認為？有任何根據嗎？」

我搖了搖頭。

「不需要任何根據。」

「嗯？」

「我只是相信她們而已。」

我看向身邊的兩名少女，只見她們同時看向彼此，露出了然於心的微笑。

「真是的，跟小時候一樣亂來。」

「果然是小左。」

「原來如此。」看見我們三人的反應後，他像是理解什麼般說道：「不是一個笨蛋，而是三個嗎？居然用這種毫無根據的盲信與神明談判，簡直瘋了。不過──」

他轉以露出愉悅的表情。

「我對你改觀了，人類少年。這是不錯的抉擇。」

我轉過頭去，靜靜等待他接下來說的話。

「坦白說，這是個有趣的提案。」

「！這意思是──」

「可惜我沒辦法答應你。」

「——！」聽見這句話，我止住了呼吸。

只見他轉變語調，道出粉碎希望的話語。

「在一段契約尚未結束之前，沒有辦法運用其他規則進行干涉，即便提出了等值的代價也沒辦法。」

「……這意思是，打從一開始就沒有其他辦法能救回紫決？」

「畢竟這是屬於她的契約。」

我一愣，不可置信地道：「難不成……你從剛才就只是在玩弄我們？」

「倒也不全然是這樣。」只見他以輕佻的微笑回應：「我只是想順勢看看，你們打算怎麼做而已。」

「就只是這樣……？」

「而且，要考驗的始終不是你們。」

正當我嘗試理解他說的話時，眼前的這名男人——倏地收起笑容，展露冷漠目光。

與剛才的表情不同，他臉上的氣息毫無溫度，只見他看向紫決。

「時間到了。」

而後以不帶情感的嗓音宣告。

雨水彷彿靜止一般失去聲音。

仔細一看，他的頭髮與衣服完全沒有被淋溼，就這樣佇立在雨中，猶如非人的存在——

我這才意會到，即便能以正常的方式進行對話，他依舊是紫泱口中所說的不可理解的「異類」。

話又說回來，「時間到了」是什麼意思？在我心中升起不祥預感的同時，「祂」繼續說道：

「午夜來臨，一個月期限已至。名為紫泱的人類少女，因妳未於期限內尋回心跳，依照約定，我將剝奪所有關於妳的存在與記憶。」

「——！」

「從今往後，妳無法再以人類之姿踏上這片土地，並且永世不得超生——距離契約履行還有十秒。」

「等、等等！」

突如其來的宣告使肌膚上的雨水如凍結般冰冷，一路滲進腦髓，頭顱被某股如繩索的力量緊緊掐住，腦海陷入慘白。

我與柳夏萱面面相覷，轉向紫泱。

「五秒——」

然而，猶如寺廟裡莊嚴的神像，這位「神明」並未給予回應，只是依照契約內容降下制裁。

「祂」以凜然且公正的聲音宣判。

「等一下，不要帶走小紫！」

「四。」

「再給我們一點時間就好！」

「三、二——」

「住手……不要這麼做！小紫她明明就是無辜的——」柳夏萱聲嘶力竭地呼喊，扯住何又雲的衣襬。

我立在原地，身體完全被恐懼支配。

又來了，又是這樣。到頭來，只能眼睜睜看著悲劇發生，自己卻什麼都沒能改變。

真的沒有其他辦法了嗎——我看向紫泱，隨即看見她的臉龐所暴露的絕望慘白。

在那瞬間，我才終於明白。

——啊啊，原來如此。

我怎麼會沒有意識到。一直以來，都是妳在守護我們三人的關係。

妳是走在最前面的那個人，我們則是緊追在後的人。我們懷著各自的目標，想要奔赴終點，妳卻早就在前面等著我們。妳所做的，只是在一旁守候我們，留意自己的速度，好讓我們跟得上妳的腳步。

能選擇更好升學高中的妳，留了下來；明明能夠直接成為作家，妳卻拒絕；當我還渾然不知時，妳早就察覺柳夏萱的心意。

所有的一切妳都看在眼裡，沒有張揚，以自己的方式細心呵護。這樣的妳，大概才是我們之間最重視這段感情的人，否則妳也不會以這種方式回到我們面前。也就是說……

講得那麼好聽，其實妳根本不想和我們分開嘛。

妳口中的幸福，根本就不是妳所說的那麼一回事。

妳內心期盼的幸福，不過是為了抵銷罪惡感，強加自己的願望在他人身上罷了。

既然如此，所謂的幸福究竟是什麼？

使人歡笑，是幸福；使內心充滿溫暖，是幸福；使心跳因某個人而悸動，是幸福；陪伴在想要陪伴的人身邊，也是幸福。

所有的幸福都建立在自身的感受上。換句話說，幸福本身就是自私的。是囊括自身且無法分割的。

既然如此，所謂的幸福一定是——

「泱！我——」

喉嚨的聲音與響徹天邊的雷鳴重疊。

我沒能聽清楚自己究竟說了什麼。

映照於眼底深處的，只有紫泱那淒涼、令人憐惜的臉龐，以及自天邊延伸至眼前的強烈白光——

雨停了。

躲在雲層後方的月亮不知身在何處。

冰冷的觸感流過眼皮，讓我從短暫的失神當中恢復。有一陣強烈的雷打了下來，不過肌膚沒有絲毫疼痛感。

剛才那個男人倒數完之後，瞬間天搖地動，我便失去了意識。

最後，有人喊了我的名字……

對了，是鳴。

想到這裡，我睜大雙眼猛地抬頭，隨即看見思念的人影。

小夏也在那。他們似乎也受到了剛才那道雷鳴的衝擊而跌坐在地，緩緩抬起頭來，審視周圍。

他們像是發現自己身處異處一般，端詳起自己的身體。

「鳴，小夏……」

我呼喚他們的名字。最愛也最珍視的人的名字。

說不上是對我的聲音有反應，他們先是看向我這裡，接著面面相覷。

「小左，你有聽到什麼聲音嗎……？」

「……有嗎？錯覺吧。」

——！

他們的聲音彷彿隔著一層玻璃，感覺霧霧的、好遙遠。

儘管知道遲早會演變成這種狀況，我的內心還是不免震驚。他們已經看不見我了嗎？

我挪動我的身體，站起身之後發現自己的雙腿在發抖。是因為害怕？還是因為剛才的雷鳴？身體不聽使喚。

「話說，我怎麼會在這……小左也是。我剛才明明……咦？我剛剛在做什麼？」

「……我也想不起來，怎麼全身都溼了……」

他們對自己的處境感到狐疑，想不起來剛剛發生了什麼事。我看了看頂樓入口處，那個人的身影已經消失。

也就是說，一切都結束了嗎……？

如「祂」所言，我的記憶以及存在都被剝奪，因為我沒有在最後成功恢復心跳，找回自己的幸福……

這樣啊。真的做到了。也就是說，我的目地達成了嗎……？

回到現世，讓他們兩個重拾過往的關係。讓鳴再次燃起對插畫的熱情。小夏得以傳達心意，陪在最重要的他身邊。

兩個人不必再被痛苦纏身，受內疚和空虛裹住雙腳。不記得那場意外，在沒有我的世界裡邁步。

他們不會記得與我相處的時光，不記得我們的相遇。成為朋友的瞬間，愛上對方的瞬間，確認這份情感的名字的瞬間……

這所有的瞬間，編織成的珍貴回憶……這全部的全部，他們都不會再想起來了。

啊……這樣啊。

這才是真正的撕心裂肺。

以後這樣的瞬間，都不會再增加了。已經消失了，消失殆盡，被我親手摧毀。沒有任何灰燼留下，連被風擾動的機會都沒有，就這樣子沉入最深沉的海底。

想要抹去痛苦，代價就是連同與之相對的幸福一同被剝奪。

不曾存在過的幸福，以後只會有我記得，獨自一人細細品嘗。

原來如此，這就是孤單嗎？

自以為理解的這份痛楚，如同無盡的灰色迅速蔓延腦海，吞噬過往的每個回憶，強行摘除，血淋淋地擺到你面前。

無法共有的快樂，只屬於一人份的快樂，會於未來永無止境地陪伴著我。

……不過，這樣才是最好的。

對他們來說，這樣才是最好的。只要他們能夠幸福，那麼我肯定……

視野逐漸染黑，我緩緩闔上雙眼，眼皮交合之處沾染一絲溫熱。

我感受著這僅剩的溫存，就這樣任意識墮入黑暗之中，緩慢、逐漸地下沉……………

——泱！

在意識即將斷線之際，他的聲音忽而在腦海響起。

……對了。剛才鳴他……對我說了什麼……？

吶喊與雷鳴混雜在一起，只有依稀的餘音傳入耳中。在白光消逝之際，只能看見他的雙唇……

——泱，我——……

……不行，光回想都好吃力。

真討厭啊……要是有聽清楚就好了……以後，肯定再也聽不到了吧。聽不到他的聲音。

……不要啊。

好想再聽一次。

只要再聽一次就好。

我好想……再聽聽你叫我的名字……

嗚……

「我好想你……」

溫熱滑落臉龐，墜落到手心。

彷彿小小的心願化為實體，微小而清晰的輪廓使身體找回殘存的知覺。

我輕握手掌，而後攤開。

落在手心上的，是一朵湖水綠枝條妝點的粉蝶花。

這是重逢之後，他送給我的第一份禮物。

「……！」

鮮明的回憶湧入腦海，點亮眼前的黑暗。

……好溫暖。

我怎麼會忘了呢？忘了這份喜悅。

明明不管重來幾遍，我都會為此感到欣喜。只要是與你有關的回憶，無論要重複幾遍，我肯定都不會膩。

只要是你的聲音，無論聽幾遍都可以。

就像你說的。

就算再重來一次，我仍會選擇與你相遇。

就算再重來十次，我仍會與妳成為朋友。

就算再重來一百次，我也會再愛上你一百次。

就算再重來一千次、一萬次，我肯定都能再找到一千次、一萬次。

如果傳達不到，那就換個方式，直到傳達到的那一天為止。

我理解到了，固守在原地的人，是得不到幸福的。

真正的幸福，是義無反顧，是全心全意。是不斷在過程中掙扎、累積，最後化為無人能取代的結晶。

我一直都擁有它們。

最後我還是失去了。

但沒有關係。就算來不及了，我也要在最後把自己最真實的心意傳達出去。

否則，我的存在便沒有意義。

世界被撕扯開來，夜色與高空的月光重回眼前，映在眼底的兩道背影離我遠去。

「嗚——！小夏——！」

即將從頂樓入口處離開的兩人止住腳步，互望一眼回頭看。

「小左，你有聽到嗎？」

「……沒有人啊。」

「嗚！小夏！我在這裡——！」

我聲嘶力竭地叫喊，走到他們身邊，伸手觸摸卻無法如願。即便如此……

——咚。

胸口登時傳來一股悸動。這股悸動隨著我的聲音、擺動的肢體而逐漸壯大。

「小夏，謝謝妳成為我的朋友！」

伴隨著這份幾乎令臉頰發麻的熱度，我讓盤踞心底的情緒衝上夜空。

「我知道……我全都知道！妳所有的努力、悔恨、不甘，眼淚，還有嫉妒……我全都有看在眼裡，我絕對沒有輕視妳！我只是……只是很害怕，害怕有一天沒有辦法再繼續和妳當朋友……我不希望那個樣子。所以對不起，讓妳遇到那種事，真的很對不起——！」

——咚咚。

我轉向另一個方向。

「嗚，我最喜歡你了！」

面向那名我深愛的男人。

「自從遇見你後，這個世界就不再無聊了。從我們第一次在保健室聊天，你為了別人挺身而出……從你說要為我的小說畫插圖那天起，我的日子就開始閃閃發亮……是你讓原本毫無目標的我找到了前進的理由！」

激昂的情感不再掩藏，熾熱順著血管流遍全身。

這是此生第一次真正的告白。

「我喜歡你說話時真摯的眼神，喜歡你心底保有的純真，喜歡你埋頭認真的模樣……喜歡你被我捉弄時露出的表情。不論是在圖書館陪我看書、在頂樓吹風聊天，又或是看著你分享的新插圖，那都讓我好快樂、好滿足，又好幸福……我好希望這樣的時光可以一直持續下去……！」

——咚……咚咚、咚咚——

「我好想……我好想要……！」

我緊握雙拳，任由要燙傷胸口的炙熱驅動心聲。身體彷彿不是自己的，眼淚早就止不住，鼻腔因為吸不到空氣失去作用，光呼吸就好痛。

即使如此，我也要說。

只有這樣子才有辦法傳達。

我搾乾肺部最後一吋氧氣，把心底最赤裸、也最自私的願望，使盡全力吶喊出聲：

「我好想要和你們繼續在一起啊————!!」

——砰咚!

伴隨話語落下，一陣劇痛襲來，在胸口深處引爆。

世界頓時被分裂成好幾塊，分不清上下左右，只是一陣天旋地轉，使我腳步踉蹌，向前倒去。

我及時扶住欄杆，讓自己搖搖欲墜的身體免於撞地。

「唔……!」我虛弱地吐氣，等到耳鳴消散，大腦不適的膨脹感退去後，才撐住欄杆嘗試起身。

……咦?怎麼會，好溫暖……

手肘與肩膀的位置，傳來堅實而柔軟的觸感。

……不對……頂樓什麼時候有欄杆了……?

我緩慢抬起頭，尋找疑惑的根源，搖晃的視野之中映出熟悉的臉龐。

「啊……」

淚水再度奪眶而出。

是他們。

是嗚還有小夏。

他們一人一邊，伸手攙住渾身脫力的我。

懷疑是自己看錯了，我用力甩了甩頭，確認這不是幻覺。

「小紫……」

她率先開口，模糊的聲音逐漸清晰。

「我也是喔。」

最初的摯友，懷著眼淚輕柔地對我訴說。

過了一會兒，我才意識到她的意思。

「啊……」

懷著不確定的疑惑，我轉頭看向另一邊。映在眼前的是紅暈染開的臉蛋。與我對上眼後，他立刻撇開視線。

聽到他們確實呼喊著我的名字，直視的是我的雙眼，我才真正反應過來。

「難道說……」

——這不是答得很不錯嗎？

生厭又輕浮的嗓音，不知從何處傳向我的耳裡。

我轉頭張望，沒有看到人影。

只有兩張熟悉而令人安心的面龐確實在眼前。

啊，這樣子啊……

我……回來了嗎？

因為承認了自己心中最真實的慾望，想得到幸福的心情，所以回到這裡了嗎？

我找回了自己的心跳了嗎？

我靠自己的力量重新站穩，望向自己的手心，和手中的那枚髮夾。總覺得有些不可思議。能感受到血液在自己的體內奔騰，心臟切實地在跳動。明明是曾經擁有過的東西，此刻卻有點陌生。

此時，一雙手撫了上來，蓋住我的手掌。

「小紫，不用擔心。」

像是看穿我的不安，她以平和而有力的聲音撫慰著我。

「妳就在這裡。妳回來了。」

「小夏……」我的眼窩感到溫熱，微微低下頭。「原來……有傳達出去嗎？我剛才說的話，都有好好傳達出去了嗎……」

「有喔，我們都聽見了。」她手心的溫度好溫暖，好令人懷念。「我也是喔，小紫。明明能察覺妳的心情，卻假裝沒看見……我沒有資格那麼說妳。所以對不起。」

「小夏……」

「而且最後還選擇了那種方式，明明那樣會讓所有人都感到痛苦……我不應該那麼做的。」她像是歉疚般低了頭，而後抬眼。「還能……一起當朋友嗎？」

我露出沒辦法的笑容。「說什麼傻話，妳以為我是為了什麼才回來的？」

「嘿嘿，說得也是。」

雖然令人有點難受，讓人感到心痛，但包含這些心情在內，全都是最真實的、屬於柳夏萱這名女孩的感受。

我回握摯友的雙手，讓這份溫暖沁透全身。

「那……小左呢？」

話鋒一轉，我們的視線落到了另一邊的男孩身上。只見他原先搔著臉頰，改成搔脖子。我就喜歡他這種藏不住的地方。

「那個……」見他支支吾吾地開口，然後像是下定決心，「那、那是我要說的話才對！」直面向我。

「因為有妳，我才找到了目標，找到夢想……是妳讓我見識到不同的世界，讓我成為一個能相信自己的人……所以說謝謝妳……還有就是……呃…………」

懷有心緒而不斷飄移的眼神，落向身旁的她。

像是了然這名陪伴許久的兒時玩伴的想法，小夏只是以眼神示意，露出溫婉的笑容，像是在說「沒事的」。

嗯。他點了頭，接受到女孩的信號，重新轉過頭來，靜靜深呼吸一口氣，開口道：

「我也喜歡妳，泱。」

「——！」儘管不是沒預感會聽見這句話，我還是無可避免地動搖。畢竟，這是他第一次對我表露心意。

……嚴格來說是第二次。第一次被雷聲蓋過去了，所以不算。

以前的我要是遇到這種情況，鐵定會裝作沒聽見吧。只不過，現在的我已經貪心起來了。

這可不是只有我的錯而已。

我暗自笑道，而後踮起腳尖——朝他的臉貼近。

「——！」

果然往後跌了，真可愛。

我接著轉過身子，也朝著另一個人的臉貼了上去。

「唔唔……！」

這次我停留得比較久，希望這樣比較不狡猾。比想像中還柔軟的觸感，讓我不小心又多留了幾秒。

「撲哈——！」

小夏像是憋氣了一個世紀，大口喘氣。

我緩緩退開半步，看著被我的舉動嚇出魂魄的兩人，開心地笑了。

「哈……」明明是按著自己意識行動的，為什麼還是會這樣呢？

「……心臟蹦蹦跳的。」

我輕摀住自己的胸口，感受那劇烈而平穩的撞擊。

有點難受，有點愉悅；希望它平復，又不希望它停下；想要替其找到名字，可是一時間找不到確切的名詞。

不過，原來如此……

「這就是活著啊……」

面對我猶如自言自語般的呢喃，嗚與小夏互看一眼，相視而笑。

「小紫——」「泱——」

「歡迎回來。」

切實感受著胸口的悸動，在皎白月光的映照下，我朝向兩人奔去。

「——嗯，我回來了！」

第七・五章

洗去城市的髒汙，月光自雲隙間重回大地。

厚重的陰霾沒有完全散去，假如瞇細雙眼可能還會依稀看見烏雲中竄動的閃光。不祥的徵兆，給人這場豪雨會沖垮城市、甚至淹沒一切的錯覺。

然而它沒有發生。

置身風雨中的人們，不會思考破曉的可能，自然而然會忘記希望總伴隨著絕望。不如說，如同乾旱中落下的一滴雨，渺小的希望也能綻放大大光輝，同時又隱晦得難以察覺。

今晚的月光帶有淡淡的藍色，或許就連那三個人都沒有發現。

唯有一名留著棕色短髮的少年，躺臥在積水之間的頂樓地板，獨自仰望這片唯有雲朵未被洗淨的夜空。

卻澄淨得令人難以想像。

想必這不只是天空作美而得以窺見的光景，某些人在風雨中掙扎並踏破困境的身姿，也是造就這片美景的原因之一。

是這樣的他們喚來希望，儘管當事人毫無自覺。

少年——或者該說披著少年形象的這個人，對著天空莞爾一笑。

「還真是做了多餘的事情啊。」

「你也知道。」

不經意脫口的自言自語，被某個靠近的腳步聲逮個正著。不，不知為何沒有發出聲音，那個人就這樣默默出現在少年身邊。

冒用「何又雲」名字的少年，斜眼瞥了一下大概再多靠近五公分就會踩到自己的纖細腳踝，接著像是看到地上的螞蟻般不在意地轉回視線。

「妳來了啊。」

「事情都結束了不是嗎？」

像是小女孩一樣的柔嫩嗓音朝著前方拋出肯定的疑問，兩人都沒有看向彼此，只有對話在空氣中接力。

「算是吧。」

「這是什麼模稜兩可的反應？可別說你胡鬧了一陣子，最後的結果卻不滿意哦？」

「這與滿不滿意無關。」何又雲將雙手交叉於後腦杓，隨意答道：「只是想看看而已。」

「所以我說你啊……」像是終於忍受不了，這名裸著赤腳的女孩——外表年齡看起來只有十歲左右，用傷腦筋又無言的眼神瞅向地板。

「都是一個有點年紀的神了，能不能有點自覺～？」

「哈哈！我才不想被一個蘿莉神這麼說。」

「你說誰是蘿莉神！」

女孩直接踏出腳掌，一腳踩在何又雲臉上。

「忘了說，內在是一個超過外表年齡好幾倍的老太婆。」視野被蒙蔽的何又雲毫無畏懼。

「人家好歹比你年輕。」

「小妹妹～」

被稱作蘿莉神的女孩臉上頓時爆出青筋，嘴角抽動，心想一腳踩斷他的鼻梁也沒人會發現，但她還是忍住收手，挪開右腳。

「所以呢？你又因為一時興起，去做讓別人傷透腦筋的事了？」

「就算是我們這種存在，偶爾也想隨心所欲一下，神明可不像人們所想的那麼自由。」

「這也是你自己的選擇吧。」

「我沒有後悔。再說了，我也不是純粹一時興起，可是有好好認真思考過。」

「從你說出『純粹』兩個字就已經走樣了。」

她露出一副「我已經懶得說你了」的看待垃圾的眼神，接續說下去：「你就是這種心態，才會一直找不到接班人。」

「妳不也是一樣，老太婆。」

「你說誰是老太婆！」

白皙的腳掌再度降臨何又雲臉上。

「我搞不清楚，妳的雷點到底是蘿莉還是老太婆？」

「我的雷點是你。」

「那還真是榮幸。」

「呿。」

「喔～剛剛那下很有老太婆的感覺！」

心想不能再被這男人牽著鼻子走，女孩抬起如鉛塊般沉重的腳，放回原位。她頂著不悅的臉蛋，撇開視線問道：「為什麼選她？」

「這不需要問吧。」何又雲以理所當然的語氣回答：「擁有捨棄一切覺悟的人，才有資格成為『我們』。」

「也有人是被迫捨棄的。」

「所有的捨棄，最終都是自己的選擇。」

「是這樣嗎？那名少女可是因為別人的過失才會失去性命哦？記得是酒駕吧。」

「但是她依然能決定要捨棄自己，還是捨棄他們。」

「你還真嚴格耶……所以你才給了她那道試煉？」

「別講得這麼冠冕堂皇，我會害臊啦。」何又雲以一點也不害臊的口吻說道。

「你只是想撇清責任吧？」她瞪了他一下。「既然如此，你又何必幫助他們？」

「我可是有好好恪守約定，沒有做出逾越之舉哦。」

「你跟那女孩做了什麼約定？」

「她拜託我假裝與她交往，條件是我不能動用力量去干涉他們恢復記憶，相對地她會讓我好好見證到最後。哎呀～是不是被她看出來我的用意了呢。」

「你明明還是做了吧。」

「我只是把他們引過去而已，後來發生的事不關我的責任。」

「——我說的不是這個。」

女孩投以犀利的目光，打穿他的話語。

「剛才明明，就還沒過午夜十二點吧？」

洞悉人心。

正因如此，何又雲才會感到難以應付，而總是以這種打哈哈的方式應對。

「……被抓包了啊～」

既然都被點明了，繼續搪塞也沒意義了。

「唉……」她長嘆了一口氣。「真不知道該說你什麼……你不會是想說就算過了這麼久，你依舊觸景傷情了吧？」

「少說笑了。」何又雲嗤笑一聲。「如果她會因為這樣子就改變心意，只是證明她不過還是個人類小毛頭罷了，還差得遠呢。」

「喔齁～」像是抓到把柄，蘿莉表露輕佻的語氣，擠弄眉間。「我終於知道了，原來你是傲嬌啊。」

「啊？」

「果然神明也是有各種屬性的呢，嗯嗯，看來西方大陸上的眾神不會感到孤單了。」

「你想吵架嗎，老太婆？」

「唔哇，好凶。」嘴上這麼說，她的臉上卻笑嘻嘻的，接著轉過身去。

「那麼我該走了，就不打擾你賞月了。」

「妳特地跑來這裡，就只是為了這個？」

「嗯？是又怎麼樣？」赤著腳的女孩踮起腳尖，回以一抹看似稚嫩的微笑。「神明本來就該隨心所欲的，這是你說的不是嗎？」

「……跟妳說話果然很累。」

「嗯？你說什麼我沒聽到～」

「……唉。」

稚氣的嬉笑聲響盪黑夜，嬌小的身影模糊於夜色之中，最終消失。

再度變回一個人的樓頂。

呼嘯的夜風吹打在何又雲的臉上，挾帶著潮溼的氣息，但他並沒有特別感覺到寒冷。聽說化為神明之後，身為人類的五感會變得遲鈍，不知是好還是壞。

晚風持續吹襲，腰窩附近發出窸窣聲響。眼看是一個開口朝上的塑膠袋。嚴格來說，是一個紅緞帶被解開的小包裝袋，裡頭盛著粉紅色的曲奇餅乾。他忘了剛才正要享受這由某一名少女送他的點心，卻被某個突然造訪的蘿莉打斷。

何又雲重新伸出手指，從裡頭拿出一片草莓曲奇，咬了一口。

「……好甜。」

明明應該變遲鈍了，突兀的甜膩感卻包覆舌尖，蔓延口腔，最後如糖霜般融化在牙齦裡。這大概不是味覺的問題了，這東西真的不是人吃的。

……那傢伙該不會是從一開始就打算要送我吧？這是什麼別出心裁的報復？

即便如此心想，何又雲還是把它吃得一點也不剩。手指揉捏著碎屑，直到指腹變得平滑。

被藍色月光照耀，夜晚的雲朵也白得發亮。何又雲始終躺在頂樓上，凝望著在更之上的天空，伸出手掌。

「……只好下次再去找妳了。」

對著不知何處傳達的思念，何又雲露出一抹苦笑，心想著接下來該往哪裡找樂子。

第八章　永不止息

一個月過去了。

氣溫比十二月時降得更低，裸露在外的指節與衣袖下的溫差，讓人想隨時捧一杯熱可可在手上。

隨著休業式結束，寒假到來，就有種冬天跟著被延長的感覺。不過冬天愈長，春天就愈近，在萬物寂靜的表面下，有些東西正在蠢蠢欲動，暗中萌芽。

好比說，一年後即將來臨、逃也逃不掉的學科能力測驗，正在終點線虎視眈眈。那是就算剛經歷一場生死交關的我們，也無法迴避的人生關卡。

又好比說，另一件令我始料未及的事。早就在土壤裡暗中發芽，有一天忽然突破積雪表層，展露它的生命力。

柳夏萱開始畫圖了。

沒錯，如同字面上的意思，柳夏萱踏上了與我相同的創作之路。原先的寫作不曉得她是放棄了，又或是暫時擱置。無論如何，我似乎沒有餘力去關心這道問題。

我早該發現的，隱藏在她看似愚蠢的主題、恣意妄為的風格之下，那潛藏的繪畫實力。從上次在房間她能夠瞬間察覺出我左右手畫反這件事，便彰顯了她敏銳的鑒察力。

除了目前無法將草莓這一元素從畫作裡割捨外，還有基礎也需要磨練，但就靈感捕捉及想像力發揮而言，她無疑具有某種得天獨厚的才華。

那是近半個月前的某一天，接近八點時分的夜晚——

——叮咚。

門鈴忽然敲響。

我看向時鐘。在剛吃飽飯的這個時間點，撇除已經下班的郵差和不甚熟絡的鄰居，會來訪的人只有一位。

我走向門口，果不其然，剛洗完澡的柳夏萱——連頭髮都沒吹乾的模樣，氣喘吁吁地站在我面前。

「萱？」

「小左！」

不理會我的疑問，她抬起紅潤的雙頰，眼神炯炯地對著我說：

「——教我畫畫吧！」

「啥？」「咳。」

我與屋內的某道聲音重疊。

「…………………」

柳夏萱先是一愣，接著探頭往裡面看了一眼，而後大叫：

「——啊！」

「……」

紫泱正坐在客廳沙發上。只見她與柳夏萱對上眼後，默默將手上正在閱讀的小說抬高，遮住自己的眼睛。

「小紫，狡猾！居然偷跑來小左這裡！」

「……我只是想找個地方看書而已。」

「小紫現在應該有自己的家了吧！怎麼還可以一個人晚上偷跑到男生家裡!?」

「小夏不也是一樣……」

紫泱微嘟著嘴，露出鬧彆扭的模樣。

「我才不一樣，我沒有偷偷做一些見不得人的事情！」

「什……！」紫泱放下書本，挺直背脊還擊。「就算是小夏，我也不能聽過就算了！」

柳夏萱往紫泱靠近，往她的脖子附近一聞，伸出指頭。「剛洗完澡的味道，罪證確鑿！」

「只是洗澡而已。」

「居、居然跟來一起洗，太不知廉恥了！」

兩人鬧了一番後，這頓莫名其妙的爭吵才終於停息。

自從兩人在頂樓化開心結後，彼此間互動的感覺有點不一樣了。和從前不同，就像少了某種隔閡，或者該說是顧慮？總而言之講話變得直來直往。

而且總是會波及到我。

「小左，你說到底是怎麼回事？」

「……就算妳讓我說——」

「沒錯，嗚，勸你好好解釋，為什麼會有兩個女人同時待在你家裡？」

「這是我的問題嗎？」

「不然你以為是誰的問題？」「當然是你的問題！」

毫不講理。明明是妳們擅自跑來的，為何怪到我頭上？

「哈啾——！」

「啊，真是的，妳又沒吹乾頭髮了。過來。」

紫泱說著從房間裡拿出吹風機，在客廳的延長線插座上插電，嗡嗡嗡的運轉聲縈繞室內。她的手以熟練的角度撥弄柳夏萱的髮絲。

「……嘿嘿。」

柳夏萱露出滿足的笑容，背對著她的紫泱沒有發現。明明上一秒才跟朋友一樣爭吵，下一秒又像姊妹一樣照顧對方，女生的情誼真是難以理解。

「所以呢，妳怎麼突然說要學畫畫？」

待溫暖的空氣平緩整個室內後，紫泱順著吹送的熱風開口。

「因為我覺得再這樣下去不行。」

飛揚的紅色髮尾占據著視線，柳夏萱以不疾不徐的口吻回應。

「這樣啊。為什麼？」

「我不能再老是跟在別人身後了。」

「……」紫泱的雙眼略為睜大，不過只有短短一瞬間，隨之面露祥和的微笑。

「是嗎？我可是不會停下來等妳的喔。」

「喔～儘管放馬過來吧！」她高舉雙手，被紫泱「好好～」地安撫下來。

簡短的對話，沒有過多言語的表述，雙方卻能立刻理解對方話語裡的意思，以及其背後代表的含意。這無非是培養多年的默契使然，更是交心過後真正的信任。

我以如看待相互依偎的貓狗的眼神望著她們，接著想起另一個問題。

「那妳的小說怎麼辦？」

關於那對雙胞胎公主姊妹的故事。歷經重重試煉的王子，獲得接近公主的機會，卻發現實際上有兩名公主。

互懷有愛慕之情的三人。要將哪一份心意化為「真實」，也成為王子最後的試煉。

記得當時的她還沒有完成結局。

說完後，只見柳夏萱垂下眼瞼，以柔和的語氣回應：「那已經不是我能決定的事了。」

「……」事到如今，我不會問出「這是什麼意思？」如此不解風情的話。不過要說該如何回應，我也沒有頭緒。

畢竟自那天之後，我依舊維持單身的狀態。

「就是啊，可憐的公主，還要苦苦等待多久呢？」

「不管是哪一方，感覺都很辛苦呢～啊，當然是指公主的部分。」

兩人意有所指地盡說些酸言酸語的話，我的頭皮像是被千針來回猛扎一番，令人坐立難安。

「我、我先去洗澡了……」

「真沒用。」「小左渣男。」

我只能像落水的小狗夾著尾巴落荒而逃。

——……

不知道為什麼回想起的盡是些令人直冒冷汗的回憶。

總之，從那天起，我開始利用課餘時間教導柳夏萱繪畫。坦白說一開始我抱著她也許只是想嘗試看看的心態，沒想到她不僅按照我安排的進度繳交作業，甚至提早完成並提出一些我沒想過的問題。進步神速，讓我大吃一驚。

有的時候，放棄一件自己堅持許久的事情，或許比堅持下去還要困難。也因為如此，在放下執著之後，反而能在其他領域展現驚為天人的潛能。

柳夏萱正屬於此類。她的熱情以及磨練多年的心智，讓她在繪畫這條路上，迅速踏出一片屬於自己且無可取代的天地。

也許不用一年……不，半年，甚至幾個月，我大概就會被她超越。這件事讓我心裡慌得可以，完全無法顧及一年後的備考。

換言之，棋逢敵手。而且敵人還是一直以來待在身邊、以我為目標的青梅竹馬。

老天真是開了個無情又天大的玩笑。

……莫非又是那傢伙在搞鬼嗎？我的腦海浮現曾經假冒我死黨的男人的臉，彷彿還能聽見他嘲笑的聲音。

我搖了搖頭。再怎麼說也不會無聊到那種程度吧。

在那之後再也沒見過他，想必這輩子都不會再遇見了，希望如此。不過如果不是他，這份日常也不會有失復而得的一天，對此我懷抱感激。

對於柳夏萱與紫泱，同樣有無法償還的感謝。希望今後還能遇見各式各樣令人感激的事物，並以此活下去。

不過在那之前，還有件必須完成的事。

我搓揉著快沒知覺的指節，朝著掌心哈氣。熱氣一下子就被帶走，拂過腳踝的凜冽又令我渾身一顫。

冬天就是這點不方便。無法分辨生理上的反應是出於環境還是心理因素。不過，應該還是有辦法從其他地方辨別，真希望胸口可以安分一點。

「你來啦。」

銀鈴般的嗓音從背後傳來。

轉過身去，一襲雪白大衣、潔淨的褐色短靴、飄揚的青紫色長髮。宛如雪地裡的精靈現身，她站在燈箱下朝我揮手。

天氣冷到讓人不想出門，我們卻相約在臺北鬧區。因為我有件無論如何都得在今晚告訴她的事。

我在人聲鼎沸的街道上朝她走近。

「等很久了嗎？」

「妳不是也早到了？」

「畢竟我期待很久了嘛。」她面不改色說著令人害臊的話。沒等我回應，她的視線先往我的右側大腿飄去。

「那是？」

她看著我手上的紙提袋，圓筒狀的紙捲斜躺在紙袋邊緣。

沒有必要特地隱瞞，我伸手將紙捲拿了出來，紙捲的中段綁著蝴蝶結緞帶。

「……嗚，你該不會要說這是禮物吧？」

「如果是的話？」

「那你的浪漫值需要再加強。」

紫泱半開玩笑地這麼說。將髮絲捋向耳後的動作，使我注意到先前送給她的那枚粉蝶花髮夾。她好像很珍惜它。如果說這是預先支付一半的禮物，不知道能不能被原諒。

「不過，應該不是我想的那樣？」

她微微偏頭，露出期待我下一步動作的表情。

「……嗯。」我含糊回應，將紙捲遞給她。

她輕輕拉開緞帶，有如收到貴重禮物般小心翼翼地攤開。

「…………」

她定睛注視著眼前僅有B４大小的紙張，卻像是在觀看一幅世界規模的藏寶圖。

她仔細地掃視每一處角落，晶瑩的琉璃色眼珠來回轉動，感覺比從外太空俯瞰的地球還具有生命力。

然後她笑了。笑得欣然且含蓄。

「完成了？」

「讓妳久等了。」

她闔上眼，搖了搖頭。

「我本來就覺得，要等多久都沒關係。」

「可是要是再等下去，我怕有人會忍不住說『可惡，急死人了！』這種話，朝我來一腳。」

「這麼說也是。」

我們對上視線，互相笑了起來。

「生日快樂，泱。」

「謝謝，你是為了等到今天嗎？」

「……算是吧。」我感到些許難為情地搔搔臉頰。感覺她連我下一步要做什麼都知道了。

「不過，這好像跟一開始說的不一樣。」她像是要吊人胃口，將話題轉了回去。

「你想畫的不是最初那部作品嗎？」

兩名女孩結為朋友的故事。一切的起點。

我輕輕點頭，然後說道：「是這樣沒錯。但我後來想想，沒有必要過度執著。」

「執著？」

「因為，我現在有其他想畫的東西了。」

「……這樣啊。」她的視線重新回到手上的紙捲，面露柔和又帶點感傷的表情。

「我還有機會見到『她們』嗎？」

「有朝一日一定會的。」

「說不定，會是小夏先代替你完成呢。」

「啊～很有可能……」我苦笑了幾聲，想起她這陣子的表現。「不過，沒關係。」

「真的嗎？那不是你的初衷？」

「初衷啊……」我反覆咀嚼著這個字眼。確實，當初若不是遇見了紫泱以及她所寫的那些文字，我壓根不會踏上創作這條路。想要將最初所見的感動描繪下來的心情，一直促使我走到現在。

我過去一直心想，當有一天我擁有足夠能力，能以繪畫替那些文字賦予生命時，就要向她告白。那曾是我的指標，無可取代的重要心情。

不過，目標使人嚮往，也使人盲目，執著久了便分不清眼前的道路究竟通往何方。人們時常這樣愈陷愈深，當想要透過回想初衷重拾信心與熱情時，理應成為自己推力的救命稻草，卻諷刺地成為思緒的枷鎖，將自己狠狠拴在原地。

我曾如此行屍走肉過。

它任性地逃跑，跑到你看不見的地方，然後你慌忙地尋找，為遍尋不著所苦，回過頭來，才發現自己迷失在無邊際的荒野。

失去了方向感。然而，只要給予新的「初衷」就行了。

只要能讓自己持續前進，即便不是最初的緣由也無所謂。看似消逝的心情，會轉以另一種形式存放在我們心底，我們只需要去尋找其他看得見的理由就行了。

「我想，大概不要緊。」

只要能持續前進，是哪一份理由都無所謂。

人們就是這樣子活下去的。

「這樣啊。」紫泱像是輕易接受這個理由，緩緩點了頭。「嗯，如果鳴這麼說的話，那就沒錯。」

「咦，妳對我原來這麼有信心嗎？」

「你不知道？我很期待你接下來要說的話喔。」紫泱笑吟吟地看了過來，丟了一顆直球。

「……撤回前言。」

「來不及了。」

「我打算晚一點再說。」

「晚一點是多晚？」

「吃完飯之類的？」

「不行，我等不及了。」

「咦……」

「快點。」

「怎麼這麼咄咄逼人……」

「你真該慶幸，我沒有在同居期間撲倒你。」

「這是犯罪吧。」

「如果有讓女生傷心的罪，你恐怕已經下地獄了。」

確實。要是再婆婆媽媽的，感覺柳夏萱隨時會從某個角落衝出來賞我一巴掌。

她真的變得跟以前差好多。

我像是顧及周圍環境般望了幾眼，而後下定決心抬起頭。

「……妳真的現在要聽？」

「要浪漫一點喔。」

「要求真多……」

「畢竟我都等了七年了。」

「好吧……呼。」

我挺直背脊，深吸一口氣，直視眼前之人的面龐。

「我只說一次，所以聽好了。」

「我在聽。」

「泱。」

「嗯。」

「——請把妳一生的心跳交給我吧。」

全書完

後記

大家好，我是熟魚片。

首先是謝辭。

感謝支持本作，拿起這本書讀到最後的你們。在第一集出版之後，受到了許多親友的協助與支持，不論是在社群上的分享、私底下的心得，還是實際衝到展場與書店的舉動，都讓我感謝得五體投地。這部作品因為有你們得以被閱讀、被更多人認識，也讓我深深覺得自己是個幸運的人，謝謝各位。

感謝辛勞的編輯，讓第二集得以問世，以及背後種種準備工作，萬萬沒想到有機會看見自己的作品出現在動漫節的書架及看板，甚至製成了周邊。除了感激之外，祝您長命百歲。

感謝迷子燒老師。第二集封面的紫泱真的太美了，內彩插圖也出色地呈現出柳夏萱心境的對比，我以後會照三餐拜。謝謝老師在校稿過程中的包容，部分細節經老師說明才恍然大悟，請原諒小的愚昧。這次能與老師合作真的相當榮幸，若未來有其他合作機會也請不吝賜教。

感謝在第一集被用盡篇幅，因此這裡只剩一句謝辭的八千子老師。

感謝給予本作出版機會的呂編。

感謝所有與本書相關的工作人員。

接下來是關於本作。

雖然標題的集數寫著「2」，不過關於左離鳴、紫泱及柳夏萱的故事，到此算是告一個段落了。不曉得各位閱讀完的感想是什麼？

老實說，我一直對於本作能否完成感到沒有信心。作為出道作，雖然只有短短兩集完結，不過從構思到第二集出版，實際上經過了兩年又十個月的時光。

這是一部在構思初期，就讓我一心想寫下來的故事，然而在動筆之後，卻數度讓我停筆，在迷茫中看不見盡頭。某種程度上，我將自己的心境書寫進這部作品裡，想要尋求一些答案。

至於找到了沒，老實說我也不知道。

也許就像本作最後一章提到的，可能遺失的某部分，被安置在了心裡，需要一點時間沉澱，才有辦法提取出來。

無論如何，這是屬於我的答案。假如你也能在這部作品當中找到一些什麼屬於你的答案，那我會很開心的。

最後是真正的後記。

我是很想這樣說啦！但感覺該說的都在前面說完了。

大家還想聽些什麼呢？好的，既然本作都完結了，那麼來談談下一部的規劃吧。

沒有規劃。

毫無頭緒。

但我會努力。

希望還在努力的各位，也能跟我一起努力。

但願在不久的將來，還能與各位見面。

幽靈少女想要
重拾心跳

浮文字
幽靈少女想要重拾心跳2

著　者／熟魚片
繪　者／迷子燒
執行長／陳君平
美術總監／沙雲佩
榮譽發行人／黃鎮隆
美術編輯／陳又荻
協　理／洪琇菁
執行編輯／石書豪
總編輯／陳昭燕
國際版權／黃令歡、高子甯、賴瑜妗
內文排版／謝青秀

出　版／城邦文化事業股份有限公司 尖端出版
臺北市南港區昆陽街十六號八樓
電話：（〇二）二五〇〇─七六〇〇
傳真：（〇二）二五〇〇─二六八三
E-mail: 7novels@mail2.spp.com.tw

發　行／英屬蓋曼群島商家庭傳媒股份有限公司城邦分公司　尖端出版
臺北市南港區昆陽街十六號八樓
電話：（〇二）二五〇〇─七六〇〇（代表號）
傳真：（〇二）二五〇〇─一九七九

中彰投以北經銷／楨彥有限公司（含宜花東）
電話：（〇二）八九一九─三三六九
傳真：（〇二）八九一四─五五二四

雲嘉以南／智豐圖書有限公司
（嘉義公司）電話：（〇五）二三三─三八五二
傳真：（〇五）二三三─三八六三
（高雄公司）電話：（〇七）三七三─〇〇七九
傳真：（〇七）三七三─〇〇八七

香港經銷／一代匯集
香港九龍旺角塘尾道六十四號龍駒企業大廈十樓 B&D室
電話：（八五二）二七八三─八一〇二

新馬經銷／城邦（馬新）出版集團 Cite（M）Sdn. Bhd.
傳真：（八五二）二五八二─一五二九
E-mail: cite@cite.com.my

法律顧問／王子文律師　元禾法律事務所
台北市羅斯福路三段三十七號十五樓

二〇二四年四月一版一刷

■中文版■

郵購注意事項：
1.填妥劃撥單資料：帳號：50003021戶名：英屬蓋曼群島商家庭傳媒(股)公司城邦分公司。2.通信欄內註明訂購書名與冊數。3.劃撥金額低於500元，請加附掛號郵資50元。如劃撥日起 10～14日，仍未收到書時，請洽劃撥組。劃撥專線TEL：(03)312-4212 ・ FAX：(03)322-4621。E-mail：marketing@spp.com.tw

國家圖書館出版品預行編目資料

幽靈少女想要重拾心跳 / 熟魚片作 . -- 一版 . -- 臺北市：城邦文化事業股份有限公司尖端出版：英屬蓋曼群島商家庭傳媒股份有限公司城邦分公司尖端出版發行，2024.4

面；　公分

ISBN 978-626-377-658-6（第 2 冊：平裝）

863.57　　113000508